*Dites à mon père que je suis célèbre*

# Pierre Palmade

*Dites à mon père que je suis célèbre*

avec la collaboration d'Éric Libiot

HarperCollins

**HARPERCOLLINS FRANCE**
83-85, boulevard Vincent-Auriol, 75646 PARIS CEDEX 13
Tél. : 01 42 16 63 63

www.harpercollins.fr

ISBN 979-1-0339-0328-4

*« Les hommes se distinguent par ce qu'ils montrent et se ressemblent par ce qu'ils cachent. »*

Paul Valéry

Si je fais un inventaire, c'est globalement positif. Je m'en sors sans accident, sans maladie, sans dette, sans vrais ennemis, sans cadavres. Maintenant, j'aimerais que ma vie soit un peu plus paisible. Si je pouvais devenir Claude Rich après avoir été Serge Gainsbourg, ça ne serait pas mal.

Il faut que je cesse de vouloir plaire à tout le monde.

Je crois que j'ai eu la grosse tête entre 20 et 30 ans. Je parlais fort dans les restaurants pour dire à toute la salle que je connaissais du beau monde. Je restais bien élevé, je payais l'addition, je n'insultais personne, je ne méprisais personne, mais j'étais chiant. « *Ta gueule ! On a compris que tu es connu ! Lâche-nous, quoi ! Arrête de faire ton numéro.* » D'accord. Mais je n'en revenais pas d'être célèbre. C'est comme si j'avais gagné au Millionnaire. J'ai été un petit con dans un milieu qui était prêt à l'entendre. J'allais briller dans le poulailler. Je payais une cour. Oui, j'ai eu des courtisans. On me disait souvent : « *Tu ne vois pas qu'il y a des profiteurs autour de toi ?* » Si, mais je profite des profiteurs, donc tout le monde s'y retrouve.

Je suis un humoriste de salon. Tout est planqué sous la couverture « on est là pour rigoler ». Je n'ai jamais entendu quelqu'un lancer lors d'une conversation : « *Comme disait Palmade...* » Je ne suis ni Oscar Wilde ni Sacha Guitry. J'ai juste conscience d'avoir donné à des gens l'envie de faire ce métier et de porter en étendard le slogan « *Si je veux, je peux* ». Avoir été à ce point célèbre à 19 ans en est la preuve par les faits.

Même si je suis peut-être le seul à le savoir, beaucoup de sketches ont été écrits à partir d'une colère. En colère contre le père de famille macho, en colère contre le gars qui cache son racisme sous des litres de bonne conscience, en colère contre ceux qui planquent leur médisance derrière un humour de façade, en colère face à toutes ces hypocrisies dont se parent les puissants et les orgueilleux. On peut considérer que ce sont des actes politiques au sens large du terme mais je n'ai pas les preuves d'avoir fait avancer les choses. Il y a aussi dans mes spectacles des personnages qui cherchent leur place dans le monde. Maladroitement mais avec sincérité. Il n'est pas impossible d'y voir un je de miroir.

Pourquoi je n'ai pas écrit un livre plus tôt ? Parce que j'avais peur qu'on ne retienne que les parties croustillantes de ma vie : l'homosexualité, les drogues, le mariage avec Véronique Sanson. J'ai l'impression que les commères ne s'intéressent qu'à ces trois aspects de mon existence, et que pour certains, d'ailleurs, je ne suis célèbre que grâce, ou à cause de ça.

Pourquoi j'écris un livre maintenant ? Parce que je me rends compte que le Palmade qui a voulu se faire remarquer comme un gamin, humoriste impressionné d'avoir été propulsé dans le show-biz et garçon surexcité de vivre une double vie, brillant à jeun et décadent quand il ne l'est pas ; eh bien ce n'est pas moi. C'est un personnage et je veux qu'il tire sa révérence. Je voudrais que Pierre reste et que Palmade s'en aille. L'artiste Pierre va continuer à être auteur, comédien, mais l'humoriste Palmade, cette espèce de grand adolescent, un peu sûr de lui et en même temps déprimé, je veux qu'il tire sa révérence. Je m'attends évidemment à ce qu'on me rétorque : « *Ça va ! Pierre Palmade ce n'est pas non plus David Bowie !* » Je le sais bien, ne vous inquiétez pas.

Un jour, en Suisse, un homme reconnaît Greta Garbo, alors à la fin de sa vie, et lui demande : « *Êtes-vous Greta Garbo ?* » Elle répond : « *Je l'étais.* » Je ne me prends pas non plus pour Greta Garbo, mais je pourrais répondre la même chose en parlant de moi.

Je ne pars pas à la retraite mais j'aspire à un peu plus de calme. Je voudrais que les démons de l'alcool et de la drogue s'en aillent, je voudrais être en paix avec cette homosexualité au point de ne plus avoir à l'évoquer. Ce livre n'est pas une plaidoirie pour défendre Palmade ou pour sauver Pierre, mais plutôt le récit d'un jeune provincial de 20 ans venu assouvir sa passion et qui s'est brûlé les ailes Avec conscience et conviction.

J'ai perdu mon père quand j'avais 8 ans et j'attends son retour. On m'a fait croire qu'il avait eu un accident de voiture, on m'a dit qu'il était mort mais je n'ai pas été à son enterrement, je n'ai jamais vu son cercueil. Je ne suis même pas sûr qu'il soit mort. Je rêve qu'il m'envoie des messages. Quand je vais mal, je l'implore. Ou plutôt, je redeviens mon père le temps de dire : « *Pierre, t'arrêtes tes conneries ! Tu vas te ressaisir, on va nettoyer tout ça.* » Et ça me va.

J'ai hâte de terminer ce livre.
Et je suis enfin prêt à l'écrire.

# 1

Dans le train qui m'emmène de Bordeaux à Paris, je regarde les paysages défiler. C'est ma vie qui disparaît. Ma vie d'avant. Je la quitte, je passe à autre chose, j'ai 19 ans. J'observe, autour de moi, ces passagers du train Corail qui lisent ou qui dorment sur leur siège de cuir orange. Combien d'entre eux changent de vie ? Peut-être la jeune fille de mon âge en face de moi, qui semble perdue dans ses pensées ? Elle vient de rompre avec un homme et va en rejoindre un autre ? Ou bien celui-là, qui se caresse la barbe ? Il n'est pas loin de démissionner d'un boulot ennuyeux pour partir au bout du monde ?... Et la vieille dame là-bas au fond, qui me dit qu'elle ne fugue pas d'une maison de retraite ?

Il n'y a aucune raison, si l'on s'en tient aux lois de la probabilité que j'ai un peu étudiées au lycée et en prépa HEC, que je sois le seul dans ce train, ni même le seul dans ce wagon, à plonger dans l'inconnu. Je voudrais leur demander ce qu'ils font, ce qu'ils vont faire, s'ils sont heureux... Je les regarde.

Certains deviendront les personnages de mes sketches.

Je me souviens de l'arrivée à Paris comme d'une scène au ralenti. Je vois le nom de la gare apparaître par la fenêtre : G-A-R-E- D'-A-U-S-T-E-R… Et je me dis : « Ça y est ! Ma vie commence aujourd'hui ! »

J'ai la sensation qu'elle m'appartient enfin. Je descends du train, je marche sur le quai comme si j'allais vers mon destin. Des hommes et des femmes s'engouffrent dans le métro. Ce métro dont j'adore l'odeur. Ils marchent vite, ils courent. Personne n'a les yeux rivés sur son téléphone pour la simple raison que les smartphones n'existent pas. Je me fais la remarque aujourd'hui en pensant qu'à l'époque on avançait sur son propre chemin sans être relié à quelqu'un d'autre, ni à ce monde aussi virtuel que réel. Choisir sa vie était alors une décision plus personnelle, plus impulsive ou mûrement réfléchie.

Je n'ai pas peur car je n'imagine même pas conquérir ce monde que je ne connais pas. Je ne suis pas là en conquérant. Plutôt comme un somnambule. Un conquérant a du culot. Moi, non. Je ne suis pas un Rastignac plein d'ambition venu à Paris pour décrocher l'Olympe. Être là, sur le quai de la gare d'Austerlitz, c'est juste une évidence. Une évidence physique. Je me sens bien. Paris ne me fait pas peur. Je ne suis pas là pour être célèbre mais pour jouer tous les soirs au théâtre. C'est tout ce que je veux.

Il faut se remettre dans le contexte de la fin des années 80.

À cette époque, personne ne sait comment devenir star, et très peu y pensent. La télé-réalité, Internet et les réseaux sociaux, ça n'existe pas... Il y a d'un côté les artistes célèbres à qui on demande des autographes et dont on ne sait pas comment ils sont arrivés là, ce sont des extraterrestres, et puis il y a ceux qui travaillent et dont je lis les noms dans *L'Officiel des spectacles* et le *Pariscope* : Françoise Dubois, Gilbert Parant, Benoit Vigneron... Ils ne sont pas connus mais ils jouent au théâtre. Tous les soirs. Et je veux faire comme eux. C'est ça, mon rêve.

Devenir célèbre n'est pas mon but. Gagner de l'argent non plus. Être drôle, d'accord, être star, c'est pas prévu. C'est impensable. Cela ne fait partie de l'imaginaire d'un petit Bordelais des années 80. Moi, ce que je veux, c'est monter sur scène et jouer. Pour avoir fait rire quelques copains de Bordeaux lors de fêtes de fin d'année ou dans un petit café-théâtre de la ville, je me dis que je devrais pouvoir faire marrer les Parisiens.

Problème : personne ne me connaît et ne sait où me trouver.

Au lycée, on m'avait demandé ce que je voudrais faire, plus tard. Je n'en savais rien. J'avais de bonnes notes, mais le métier « bonnes notes » n'existant pas, j'ai commencé une prépa HEC. Les cours s'enchaînaient, des maths, de l'histoire, de la philo, des maths, de la philo, de l'histoire, et très vite je me suis rendu compte que le club théâtre que j'animais depuis la 5e me collait à la peau.

Ce que je pensais être un passe-temps en marge de brillantes études était en fait une véritable passion. Je suis entré en prépa HEC en septembre, j'en suis parti en octobre.

J'avais bac + 2... mois. Et j'étais bien décidé à me rendre dans la seule ville où on pouvait vivre de cette passion : Paris. Je connaissais par cœur les noms des pièces où jouaient toutes ces stars de théâtre que je voyais à la télé : Jacqueline Maillan, Michel Roux, Marthe Mercadier, Jean Lefebvre... J'allais pouvoir les applaudir en vrai. Ce métier, qui faisait un peu rire les bourgeois bordelais et ricaner les parents de mes copains, était pris au sérieux à Paris par de vrais adultes, même si je les considérais comme appartenant à un monde à part. J'ai donc fait ma valise et embrassé ma mère. Elle était persuadée de me revoir très vite. J'étais persuadé du contraire.

Je suis inculte. J'ai un rapport ambivalent aux livres, aux pièces, au patrimoine littéraire, car je n'ai pas envie de savoir que des gens ont écrit avant moi. J'ai un problème avec la lecture, je n'y prends pas plaisir. Quand les profs me faisaient lire les œuvres de Molière, je trouvais que les histoires étaient vachement bien mais je me demandais quelle langue parlaient les personnages. J'ai longtemps eu le fantasme de retraduire Molière en vrai français, pour que ça sonne comme du Boulevard. Comme du Barillet et Grédy, les auteurs de *Folle Amanda* ou de *Potiche*, et toutes ces pièces vues à la télé dans *Au théâtre ce soir*.

Elles sont les seules bases de ma culture théâtrale.

Avec les sketches de Sylvie Joly et de Guy Bedos. Ça, même dans ma famille, on aimait !

Quelque temps avant cette arrivée gare d'Austerlitz, j'avais accompagné à Paris un comédien bordelais dont je m'étais amouraché et qui devait passer des auditions. J'avais 18 ans et je sentais que quelque chose bouillonnait en moi. Ma préoccupation n'était pas seulement de coucher avec ce garçon mais aussi d'aller voir jouer Sylvie Joly, que j'étais allé applaudir à Bordeaux avec ma mère quelques années auparavant. Je croyais que je suivais un garçon alors qu'en fait, je suivais mon destin. J'avais mis dans un sac quelques feuilles sur lesquelles j'avais écrit des sketches et je m'étais rendu au théâtre Tristan-Bernard où se produisait Sylvie.

C'était un joli théâtre de 400 places plein à craquer. Sur scène, je découvrais une Sylvie Joly impériale. Sincère et autoritaire. Drôle, évidemment. Une bourgeoise délinquante qui pouvait passer d'une gouaille de titi parisien à une verve d'intellectuelle du Quartier latin en un claquement de doigts.

Je suis sorti de là, abasourdi par son talent que je n'avais pas su voir à Bordeaux quand j'étais plus jeune. Sylvie, c'était tout de même de l'humour pour adultes, et cette fois, j'avais tout compris.

Une chose était sûre : je devais la rencontrer. Absolument. Un phénomène d'attraction mystique.

La salle vidée, je me suis dirigé vers la petite porte qui conduisait aux coulisses comme si c'était normal qu'on me laisse entrer. Un type me barrait la route mais ma détermination devait être palpable et il m'a laissé passer.

J'ai filé dans le couloir qui menait aux loges.

Ce labyrinthe de peinture un peu défraîchie me semblait presque familier. Devant la loge se tenait cette fois un homme qui s'est présenté comme le mari de Sylvie, ce que je ne remettais absolument pas en doute. « *C'est pour quoi ?* » Il n'aimait jamais qu'on approche trop Sylvie. « *C'est pour lui montrer des sketches que j'ai écrits, j'adore ce qu'elle fait.* » Il avait un peu l'habitude de ce genre de démarche. « *Oui, attendez.* »

Il est allé dire deux mots à Sylvie et m'a fait entrer.

Sylvie finissait de se préparer pour rentrer chez elle. « *Bonsoir, j'écris des sketches et j'adorerais faire ce que vous faites, du one-man-show.* » L'insolence du gars qui ne doutait de rien. Il paraît que quand je veux quelque chose, mes yeux font croire à l'autre que c'est ce qu'il veut aussi. Gamin hyperactif, obsédé par l'idée de diriger son monde, j'avais toujours obtenu ce que je voulais.

Elle m'a regardé, disponible, souriante quoiqu'un peu distante. Méfiante peut-être. Ce que je trouvais tout à fait normal. Même si je n'avais pas du tout conscience de l'importance de la situation. Elle a lu en silence quelques extraits de mes sketches et a souri, parfois. Puis elle s'est levée de sa chaise, amusée par mon culot. Elle m'a dévisagé des pieds à la tête, a tourné autour de moi comme pour mesurer mon audace. On aurait dit un peintre observant son futur modèle. La scène était un peu irréelle. Elle s'est reculée pour me jauger encore une fois et a lancé, majestueuse, comme une tragédienne acceptant un enfant adopté : « *Ça tombe bien, j'ai envie d'avoir un élève ! On commence demain.* »

Je m'attendais à tout sauf à ça. Je me suis senti comme un idiot. Et je fais quoi maintenant ? Je ne pouvais pas lui dire que j'habitais à Bordeaux ni que je devais repartir le lendemain. Une seule solution... Accepter. J'ai reporté mon départ et j'ai appelé ma mère :

« *Maman, Sylvie Joly va devenir ma prof de théâtre.*

— *Ah bon ?* »

Le nom a bien sûr fait tilt dans son esprit et j'ai enchaîné avant qu'elle ne réalise vraiment ce qui se passait.

« *J'arrête HEC, je viens chercher des affaires et je remonte à Paris.*

— *Bon d'accord. De toute façon cette année démarre mal... Fais ton truc. Je vais t'aider, on va trouver un appartement.* »

Je suis rentré à Bordeaux ranger ma chambre et faire une lessive. Et je suis reparti à Paris.

Me voilà donc arrivé gare d'Austerlitz, avec comme premier point de chute des cours chez Sylvie Joly, deux fois par semaine. Il y a pire. Je reste, pour la seconde fois, quelques minutes dans le hall de la gare, immobile, à sentir le monde s'agiter autour de moi. Que c'est bon Paris ! C'est rapide... Mon Dieu que tout était lent à Bordeaux ! Je fonce dans ce métro que j'adore, pour me rendre chez des amis, Mickaëlle et Albert, une copine bordelaise et son fiancé, qu'elle a suivi à Paris. Ils vont m'héberger pendant deux ou trois mois dans leur salon. C'est un peu du camping, mais ils ont été géniaux de m'aider comme ça et aujourd'hui je peux dire qu'ils ont participé à mon succès.

Tous ceux qui m'ont aidé à croire à mon rêve pendant ces quelques mois de transition ont ma gratitude, mon souvenir et ma reconnaissance éternelle.

Ma mère en fait partie. Puisqu'elle finit par se convaincre que je vais rester à Paris… un petit peu plus longtemps que prévu.

Moi, Pierre, l'enfant-roi, je dis « je veux » et j'ai. Je veux un appartement à Paris, ma mère me trouve un studio dans le 17e arrondissement. C'est peut-être d'ailleurs celui que j'aimerai le plus, ce petit 12 m$^2$ au sixième étage. Un lit, un bureau, une chaise, une plaque chauffante. Je vais faire les courses en bas de chez moi, j'écris tous les jours à mon bureau, j'écume le Minitel pour aller sur les sites de drague. 3615 mecs, ou un truc comme ça. J'ai toujours aimé les sites de drague. Encore aujourd'hui.

Sans Internet, je cherche les boîtes homos dans les pages jaunes de l'annuaire, persuadé d'en trouver par dizaines. Tu parles ! Il y a la rubrique plombiers, la rubrique fleuristes, la rubrique encadrements de tableaux, mais la rubrique boîtes homos, il n'y a pas. Je mettrai du temps à en trouver. Ça se fera petit à petit, en vivant de plus en plus le soir et puis la nuit.

Mes journées sont rythmées et denses. Pas de tour Eiffel, pas de bateaux-mouches. Je ne suis pas là pour jouer les touristes. Je n'ai jamais vraiment visité Paris. Pas les monuments, en tout cas. J'écris le matin, je vais chez Sylvie Joly deux après-midi par semaine, je passe des auditions dans les cafés-théâtres, je joue parfois ici ou là, dans une pizzéria notamment. La patronne était gentille mais je détestais jouer devant des gens qui mangent. Le théâtre est un temple et on ne bouffe pas dans une église !

Il paraît que c'est une bonne école pour un jeune artiste d'arriver à capter des clients venus avaler une calzone, moi j'en doute. Très vite je cherche l'écoute religieuse du café-théâtre, l'endroit idéal pour le one-man-show. Fini la napolitaine, j'ai mes limites.

Sylvie Joly habite dans un appartement du 7e arrondissement de Paris, pas loin du Bon Marché, rive gauche. Au quatrième étage. Je sonne à la porte, elle m'ouvre. Sylvie est une grande femme à la carrure imposante. Elle m'impressionne. Je n'ai jamais rencontré de gens célèbres avant elle. Elle me fait entrer. Mon autre vie commence. Grandes pièces, décoration rococo, moquette rouge et canapés confortables. On dirait une grande loge de théâtre. Je la sens à la fois intéressée par ce que je fais et heureuse, voire soulagée, d'avoir un peu de compagnie. Sylvie est drôle. Tout ce qu'elle dit est drôle. Elle est aussi fantasque, capable de vous servir un café lyophilisé en oubliant le café.

Ce jour-là, j'ai bu de l'eau chaude. Je ne me voyais pas lui faire la remarque.

Je me tiens debout devant elle, assise sur son canapé, et je joue mes sketches écrits le matin même ou la veille. Elle me fait recommencer avec des indications différentes à chaque fois. Sylvie cherche à me faire comprendre l'importance de la vérité. Quand on débute on ne cherche qu'à être drôle mais mes sketches demandent énormément de vérité pour pouvoir être drôles. Comme ceux de Sylvie. Être vrai avant d'être drôle : leçon essentielle de Madame Sylvie Joly.

Parfois, elle sort des vêtements extravagants de son placard, une tenue de golf par exemple, et me dit de m'habiller et de jouer en golfeur. Pour me déstabiliser et m'habituer à être à l'aise dans toutes les situations.

Ce que fait Sylvie sur scène me plaît : elle ne s'adresse pas au public mais joue plusieurs personnages qu'elle fait parler entre eux. Et on a l'impression de les voir, de les entendre. J'aime cet humour – je l'analyserai plus tard –, cette espèce de reproduction de la vérité, où l'on rit de ce qui n'est pas dit. C'est de l'humour invisible. On ne rit pas parce que la phrase est drôle, on rit parce qu'elle a percé à jour les défauts de quelqu'un. Dans *Catherine*, par exemple, elle joue une bourgeoise enveloppée dans un boa rose fuchsia qui ne se rend pas compte de la prétention avec laquelle elle raconte sa vie.

C'est clairement une conne, c'est d'une méchanceté terrible, d'une justesse absolue. Sylvie exagère là où il faut. Mais les bourgeois ne sont pas les seuls à se faire épingler. Dans *Le Permis de conduire*, elle interprète La Touchard, une femme qui passe l'examen pour la huitième fois et qui confond le panneau rétrécissement de la chaussée avec une pub pour une usine de bouteilles. C'est une paysanne de la Sarthe pas plus futée qu'un pot de rillettes et dont on apprend à la fin qu'elle veut obtenir son permis pour tailler la route, quitter son mari, et aller vivre sa vie. Sylvie se moque de cette bonne femme pendant tout le sketch et hop, à la fin, en une phrase elle retourne le truc. Ça devient tendre. C'est magique. Et ça me fascine. Ça, je veux le faire !

J'ai toujours imaginé que le public était très intelligent. Au moins autant que moi. Donc je ne lui explique pas ce qui est drôle. Je tiens ça de Sylvie Joly. Dans la vie, je fonctionne de la même manière. C'est pour cette raison que je suis parfois déçu par les gens : je leur donne souvent 20/20 au début, je leur prête plein de qualités intellectuelles. Après, les notes dégringolent et ça se gâte.

Au bout de quelques semaines, Sylvie m'emmène au *Petit Conservatoire de Mireille*. Mireille est une petite bonne femme mais une grande Dame. Ce fut une célèbre chanteuse dans les années 30 puis elle est devenue un professeur redoutable. Son cours a lieu le soir à 18 heures et dure environ deux heures. Il y a surtout des chanteurs, plus rarement des humoristes. Jacques Dutronc, par exemple, est passé entre ses mains. Mireille ne cherche pas les grandes voix mais le charisme d'un artiste. Son truc, c'est de déceler ce qui se dégage de chacun. Ce que je ferai moi aussi quand je créerai « La Troupe à Palmade ». J'ai cette capacité-là : voir ce qu'il y a de singulier chez quelqu'un.

Les cours de Mireille commencent par l'audition des nouveaux venus. Le premier jour, comme tout le monde, je monte sur scène et je joue un sketch. Sans doute maladroitement. Mais ça marche. « *C'est rigolo, vous pouvez revenir.* » Mireille a une voix suraigüe, et balance ses avis, droite comme un I, souvent avec ironie, et en vouvoyant ses élèves. « *Vous ne vous tenez pas bien, vous êtes transparent, parlez plus fort, regardez le public...* » Une phrase qu'elle prononce régulièrement la résume tout entière : « *Quand vous arrivez sur scène, vous avez trois minutes pour vous faire aimer.* »

J'ai retenu la leçon. Se faire aimer. Mon plus récent spectacle, au Théâtre du Rond-Point, s'intitule *Aimez-moi...* L'histoire de ma vie.

Mireille m'aime bien, justement. Moi, aussi. Elle ne cesse de me répéter que je parle trop vite. « *Articulez, articulez, j'ai entendu "voiture"...* » La prononciation, c'est son obsession. Quasi un art de vivre chez elle. « *C'est pas possible, Mireille, j'ai dit "fenêtre" !...* » À chaque fois que je termine un sketch, elle me dit : « *C'est bien mais il n'y a pas de chute à votre histoire.* »

Elle est assise dans la salle, les autres élèves, quelques rangs derrière. Il n'y a aucun bruit. Elle ne supporte pas les chuchotements, les conversations à voix basse. Je serai exactement comme ça quand je dirigerai ma troupe.

Là je suis sur scène et j'entends sa voix qui touche souvent juste. J'essaie aussi de me défendre. « *Non, il n'y a pas de chute, Mireille. Si vous voulez je peux tomber à la fin.* » Ça ne la fait pas rire. Trop insolent.

Mais cette histoire de chutes c'est mon style qui naît sous ses yeux : mes sketches finissent souvent en points de suspension.

Chez Mireille, je fais la connaissance d'un garçon, un grand métis à la voix très efféminée et immensément drôle. C'est mon premier vrai pote rencontré à Paris. C'est Jean Leduc. Ce n'est pas mon petit copain mais c'est lui qui va m'emmener dans mes premières boîtes gays. Plus tard, il entrera dans ma troupe et jouera le cuisinier dans l'émission de télé *Le Grand Restaurant*. À l'époque, on se posait lui et moi la question de savoir comment on allait se faire réformer du service militaire. Un soir, en quittant le cours, on parle encore de l'armée et il me dit : « *En tout cas, si tous les jours ils me réveillent à 6 heures du matin avec leur clairon, je leur dirai que c'est beaucoup trop tôt, que ça ne va pas du tout, qu'il faut laisser dormir les gens…* » Oh putain ! Je le regarde, ça s'agite dans ma tête. Le lendemain, j'écris *Le Colonel* en pensant à lui. Un de mes plus gros succès.

Sylvie m'accompagne dans certains cafés-théâtres où j'enchaîne les auditions – un peu foireuses. J'ai une marraine connue, je passe devant tout le monde. Très sincèrement, je ne crois pas qu'au début Sylvie croyait beaucoup en moi. Je suis fragile, pas très bon comédien mais... je lui plais humainement. Entre elle et moi, c'est une rencontre affective. C'est plus tard, quand je la quitterai, quand je commencerai à écrire avec Muriel Robin et qu'on entendra parler de moi, que nous travaillerons vraiment ensemble, qu'elle me découvrira vraiment. Elle mettra en scène mon premier spectacle, *Ma mère aime beaucoup ce que je fais*. Mais pour l'instant, elle veut juste aider un petit jeune. Je ne pense pas qu'elle ait cerné le talent que je n'ai pas encore.

Quand je ne vais pas voir Sylvie, j'écume les scènes ouvertes, ce qu'on appelle les « radio-crochets ». Sorte de concours hebdomadaires où vous êtes jugé sur un seul sketch pour savoir si vous avez le droit de revenir la semaine d'après. Ça fait partie du parcours de l'apprenti artiste, et moi j'adore ça. J'adore les concours et je les ai souvent gagnés à l'école.

L'un de ces concours, « La timbale », a lieu dans un café-théâtre qui n'existe plus, le Tintamarre, rue des Lombards, l'ancien Splendid des Bronzés. J'y rencontre Chantal Ladesou, qui fait partie des habitués des lieux. Elle m'aime bien, elle a des points communs avec Sylvie Joly : la voix, l'allure bourgeoise, une certaine folie. Elle est drôle et possède déjà ce côté « rentre-dedans » qu'on lui connaît aujourd'hui.

Cette timbale, je la décroche toutes les semaines et je commence à faire mon trou au milieu d'autres prétendants humoristes qui vont devenir mes premiers « copains artistes ». Personne n'est connu, il n'y a pas de concurrence ni de jalousie entre nous. Chacun tente de trouver sa voie. Je gagne à chaque fois. Je monte sur scène régulièrement, j'apprends, je fais mes classes. D'ailleurs, en parlant de classe...

Je n'osais pas proposer à Sylvie d'écrire des sketches pour elle, les siens étaient trop cultes pour que je tente de rivaliser avec. Mais là, pour Chantal, j'ose. Je lui écris une dizaine de sketches qu'elle adore. On accroche tout de suite. Chantal participe à une émission de télé diffusée tous les soirs de la semaine sur FR3, *La Classe,* et me dit un jour : « *Tes sketches sont un peu trop subtils mais essaye toujours.* » Effectivement, il faut toujours essayer, c'est la règle de base du métier. Je passe une audition pour *La Classe* devant Laure Chaubaroux, la programmatrice, dans son bureau. Ça lui plaît. Je remarque que ce sont toujours des femmes qui m'aiment avant les hommes. De toute façon, ma mère m'a mis dans la tête que je plaisais aux femmes et que les hommes étaient jaloux de moi ; voilà comment je vais affronter la vie. Laure trouve aussi que mes sketches sont un peu trop élaborés quand ceux des autres humoristes sont plutôt potaches mais elle veut me donner ma chance, et sans doute aussi apporter une autre couleur à l'émission. Je fais alors mes débuts dans *La Classe.* Six mois plus tôt, j'étais en prépa HEC.

Je passe Noël 1987 chez Sylvie Joly, j'entre dans *La Classe* au printemps 1988. J'ai 20 ans. J'écris des sketches qui plaisent, arrivant à me faire remarquer dans l'univers de Guy Lux, le créateur de l'émission. Fabrice, le présentateur, déguisé en instituteur, n'est finalement pas jaloux de moi – ma mère se serait-elle trompée ? – et je deviens le préféré du prof. Le petit chouchou, celui qui obtient la bonne note. J'ai toujours plu à mes profs. Je crois que j'ai besoin de figures tutélaires.

Fabrice comprend mes contradictions. C'est le fils de René Simon, le comédien et patron du célèbre cours qui porte son nom. Fabrice joue les bateleurs mais il connaît sur le bout des doigts les coulisses et les ressorts du théâtre de Boulevard. L'homme est un peu macho et il sent que je ne suis certainement pas totalement hétéro. Ce que je n'ose pas dire. On est en 1988, tout le monde a peur de l'homosexualité à cause du sida. Conséquence inattendue ou paradoxale, j'attire l'affection de gens qui ont des a priori sur les homos.

Il se passe énormément de choses en même temps. Je pique l'adresse de Guy Bedos dans le calepin de Sylvie Joly. Je lui envoie par la poste certains textes, ceux que je trouve les meilleurs. Guy Bedos me rappelle : « *Allô, c'est Guy Bedos.* » Un long message sur le répondeur. « *J'ai lu les sketches, c'est bien, je vais peut-être même en jouer deux,* Le Mexicain *et* Les Clés. *Deux, c'est sûr.* » Putain ! Bedos ! Mais moi, je lui ai envoyé les sketches pour qu'il m'aide comme Sylvie Joly l'a fait, pas pour qu'il les joue ! Je lui téléphone, il veut être mon parrain, je suis son nouveau Dabadie, le charme opère. Putain ! Je connais Guy Bedos et Sylvie Joly ! Pour que je rentre à Bordeaux, il va falloir s'accrocher. Manque de pot je suis censé jouer dans *La Classe,* les sketches choisis par Bedos… Merde !

Qu'est-ce que je fais ? J'ai l'opportunité de passer à la télé en jouant mes sketches… Ils sont bons, ils me vont bien. Ce sont mes sketches. Logiquement, il faut que j'accepte la proposition de Bedos et être son auteur. Eh bien non. Je n'ose pas lui parler, je lui envoie une lettre.

Il me pourrit sur le répondeur. « *Si vous préférez être découvert par Guy Lux que par Guy Bedos… Si, à 20 ans, vous ne voulez pas que je joue vos sketches… Bonne chance !* » Nicolas Bedos se souvient de son père lisant mes sketches. Il a 10 ans. Guy Bedos les joue dans sa cuisine entouré de sa famille et me voilà, moi, en train de les jouer à la télé. Guy est une figure paternelle. Comme je n'ai pas de père, j'en cherche un peu partout, et j'aurais bien pris Guy Bedos comme papa, mais la place était prise…

Il y a eu deux Pierre à ce moment-là. Un Pierre qui joue ses sketches avec beaucoup d'application devant un public qui rit pendant les enregistrements de *La Classe*, et qui commence à se dire qu'il est doué pour ça.

Au début d'ailleurs, Guy Lux est très dubitatif, il ne comprend pas pourquoi ça marche mais le courrier des téléspectateurs me plébiscite et plus tard, il sera fier de moi, au point de m'inviter au Fouquet's pour me le dire.

Et puis il y a un Pierre qui se découvre très narcissisé par ses passages à la télé car les gens le regardent dans la rue. Ils se retournent sur mon passage parce qu'ils m'ont vu quelque part, et moi, dans ma tête, je me dis : « *Ils me trouvent beau.* » C'est l'impression que ça fait en tout cas. Je suis arrivé de Bordeaux bourré de complexes physiques et cette reconnaissance fonctionne comme un shoot. J'ai découvert une drogue. La première. Il y en aura d'autres. Je passe à la télé, je marche dans la rue, je remonte les Champs-Élysées très lentement pour vérifier que je suis connu. Ma célèbre coiffure au vent.

Cette reconnaissance est très nouvelle. Comme je n'en ai jamais rêvé. C'est un vrai choc psychologique. Presque un traumatisme. Aujourd'hui, c'est très difficile d'imaginer qu'on ne pense pas à être célèbre quand on veut être artiste. Je vous assure que ce n'était pas prévu. Alors, cette reconnaissance, cette célébrité, cet « accident », j'en faisais une affaire physique. J'avais remarqué qu'on se retournait sur les jolies filles et les jolis garçons, et tout d'un coup, on se retourne sur moi dans la rue ! J'adore ça. Je continue, je joue mes petits sketches à *La Classe* et je suis sur scène au Tintamarre, en mai, avec Chantal Ladesou dans *Sucré/Salé*, un spectacle dans lequel elle et moi jouons des sketches parfois en solo, parfois ensemble. Tout va bien.

Mais l'été approche et avec lui, bientôt, la rentrée à

laquelle il faut déjà penser. Ce milieu fonctionne par cycles : la rentrée de septembre et celle de janvier pour lancer les spectacles, l'été pour les roder ou imaginer d'autres voies. Pour moi, les autres voies sont plutôt d'autres voix que je veux entendre, d'autres personnes que je veux rencontrer. Et une personne m'obsède : Jacqueline Maillan. La reine du boulevard, mon idole. Mais elle est inaccessible. Elle appartient au monde des gens trop connus. En revanche…

Là, je fais un petit flash-back : lorsque j'ai aperçu Muriel Robin au *Petit Théâtre de Bouvard* à la télé, j'étais alors ado et estomaqué de voir à quel point elle ressemblait à Jacqueline Maillan. La rupture de ton, l'autorité, une force, une rapidité. Parce que ces gens-là, Louis de Funès, Jacqueline Maillan, Muriel Robin, Florence Foresti, ils sont en 78 tours alors que la vie est en 45 tours. Ils font des commentaires à la marge. Ils disent dix mots alors que nous on en dit deux.

Muriel me sidérait. Véritablement. Ce n'était pas la plus connue de l'émission de Bouvard et ce n'était pas d'elle dont on se souvenait, plutôt de Smaïn ou de Mimi Mathy. C'est important de le rappeler, parce qu'on me dira souvent que c'est facile d'écrire pour Robin tellement elle est drôle. Peut-être, mais personne ne s'intéressait beaucoup à elle du temps où elle passait à la télé. Ou pas grand monde. D'ailleurs elle voulait arrêter. Tout le monde explosait : Laspalès, Chevallier, Les Inconnus, Michèle Bernier… Tout le monde, mais pas Muriel. Parce qu'il fallait l'imaginer très fort, Muriel. Moi je l'avais vue et j'avais vu en elle la fille de Maillan. Une femme très séduisante, très responsable, très rassurante, très… Bon bref, je voulais absolument rencontrer Muriel Robin. Je me disais qu'elle était accessible, contrairement à Jacqueline Maillan, et j'étais persuadé qu'il n'y avait que moi qui la connaissais. Ce n'était évidemment pas vrai. Un soir, Bruno Perroud, l'attaché de presse du Tintamarre où je jouais *Sucré/Salé* avec Chantal Ladesou m'a demandé si je voudrais qu'il invite des gens.

*« Oui. Je voudrais que Muriel Robin vienne, si tu vois qui c'est.*

*— Je la connais, c'est une copine ».*

Un soir, donc, à quelques minutes du levé de rideau, l'attaché de presse vient me voir pour me dire que Muriel Robin sera présente. Je déroge à la règle de ne jamais aller voir le public avant le spectacle, je me glisse dans la salle et j'aperçois Muriel près de la porte, droite, immobile, égale à elle-même dans la position qu'on imagine et qu'on lui connaît, son caniche blanc Vitamine qu'elle tient en laisse. Je lui saute dessus.

*« Je vous adore ! J'ai plein d'idées pour vous ! Si vous aimez même un tout petit peu mon spectacle, il faut qu'on se rencontre !*

*— Hou là doucement ! Je viens d'abord vous voir et après, on pourra peut-être discuter. »*

Je la retrouve à la fin de la représentation, devant le théâtre. L'air est doux. Le public est content. C'est une belle soirée qui s'annonce. Je ne sais pas encore à quel point. Muriel m'a attendu, je suis surexcité. Elle résume ainsi ma prestation du soir : « *C'est pas mal, j'ai ri, c'est bien.* » Elle m'avouera plus tard m'avoir trouvé bien meilleur auteur qu'acteur. Et puis, j'imite Sylvie Joly et Jacqueline Maillan, je fais un mélange des deux : des ruptures à la Maillan et une façon de ne pas articuler, plutôt à la Joly. Au lieu d'essayer d'être moi-même. Plus tard, je dirai à ma troupe de comédiens : « *Première règle : ne pas perdre de temps à imiter ses idoles.* »

Je prends les compliments de Muriel pour un sésame. Autour de nous, il y a du monde qui discute devant le théâtre. Mais c'est comme si le monde n'existait plus. Même son chien Vitamine a disparu. Nous sommes en face l'un de l'autre, et la magie opère. Je lui lance un début de sketch, elle part au quart de tour, et elle se met à improviser. C'est extraordinaire. Elle est aussi surprise que moi.

On décide d'aller dîner à L'Amazonial, situé à deux pas. On se prend une bonne cuite. On se parle très peu de nous, mais le sentiment de complicité sur l'humour l'emporte sur toute autre forme de confidences. Je ne sais rien d'elle, elle ne sait rien de moi, mais on rit à chaque fois que l'autre ouvre la bouche. Deux fous. Qui tombent fous amoureux. On est heureux parce qu'on se comprend, nos conversations se chevauchent, je lui donne une idée, elle m'en redonne une autre. Et elle joue le sketch. C'est surtout ça qui est extraordinaire. Le lendemain, on s'appelle et nous voilà en train d'écrire. C'est toujours moi qui apportais l'idée de départ et j'en étais très fier. Je la déclenchais et elle devenait géniale.

Apporter une idée, ça a de la valeur. J'ai dessiné l'univers de Muriel. Je l'ai regardée en mère de famille, en femme bourgeoise, en copine râleuse. Je lui ai trouvé son personnage. Plus tard, je me rendrai compte que je fais gagner du temps aux gens parce que je sais ce pour quoi ils sont faits. C'est un vrai don que j'ai. Je vois le diamant qui est en eux, je vais le chercher et je le polis.

Et j'ai ce don surtout pour les femmes drôles. Muriel en fait partie, elle me fait rire. Elle me fait hurler de rire.

J'avais écrit un sketch pour moi, *Le Noir,* dans lequel je jouais une femme raciste. J'en parle à Muriel : « *J'ai le début d'un sketch pour moi, je voudrais me le garder, je veux le jouer mais je vais te le lire.* » Je le lui lis et tac ! Elle reprend le début, elle se le fait et... C'est là que mes instincts sont bons : autant j'ai décidé de ne pas donner mes sketches à Bedos, autant je sais que Muriel est prête pour jouer des sketches que moi, je ne pourrais pas jouer. Elle mettra *Le Noir* dans sa machine à génie et elle en fera un truc hallucinant.

J'ai été très nourri par Claire Bretécher : *Les Frustrés,* sa bande dessinée, c'est une mine. Il y a une planche qui s'appelle *Le Partage de midi* qui commence par : « *Bon ! Tout le monde paye son addition !* » Je l'ai très vite dit pour éviter qu'un jour Claire m'en veuille. On part sur cette phrase avec Muriel et on en fait une bouchée, de cette addition. Le sketch *L'Addition* fera un tabac. Mais on n'y est pas encore.

Été 1988. Il fait beau partout avec Muriel. Dehors, dans nos têtes, un stylo à la main, le matin, l'après-midi, le soir. Tout se passe très vite. C'est complètement fou. Comme si la vie ne voulait pas me décourager, elle me donne assez de joies, d'espoirs et d'envies pour continuer. J'entends encore ma mère : « *Bon allez, va t'amuser. Dès que tu auras compris que c'est un délire, tu reviendras.* » Mais la vie me donne ce qu'il faut. Je dis « la vie » parce que je suis sûr qu'elle ne s'occupe pas trop mal de moi ; dès qu'elle me lâche, je déconne, mais quand elle me reprend en main, elle est sympa. Et là, elle me ventouse. *La Classe,* Sylvie Joly, Chantal Ladesou, la caution de Bedos, Muriel Robin...

Muriel et moi écrivons pendant tout le mois de juillet. Quasiment deux sketches par jour. En août, il est prévu que je rejoue avec Chantal notre spectacle *Sucré/Salé* au Tintamarre. Mais une idée me traverse l'esprit. Je vais voir Chantal et je lui demande : « *Est-ce qu'on pourrait donner le créneau à Muriel ? Parce que je crois qu'elle est prête.* » C'est une question mais c'est presque un ordre. À la réflexion, ce que je fais à Chantal est terrible : je la vire hors de la scène, je l'empêche de travailler. Chantal, bonne comme le pain : « *Mais bien sûr.* » Et Muriel prend le créneau pour jouer nos sketches.

À cette époque-là, Muriel n'est toujours pas très connue, elle revient d'une pièce qui n'a pas trop marché et elle en écrit une autre avec une femme qui s'appelle Michèle Laroque. Le succès et la reconnaissance tardent encore à venir. Muriel imagine même quitter Paris et monter un bar à l'étranger. Sous mes yeux, elle téléphone à cette Michèle Laroque : « *J'ai rencontré un jeune homme un peu dingue. Je ne suis pas sûre d'aimer le one-man-show mais quand même, il a de bonnes idées, on écrit des trucs qui m'éclatent. Pardon mais...* » Voilà, elle laisse Michèle sur le carreau.

Au mois d'août, Muriel s'installe donc au Tintamarre. En quelques jours, le bouche-à-oreille produit un effet incroyable. Le spectacle qu'on s'est amusé à écrire ensemble, *Les majorettes se cachent pour mourir*, explose. Mais vraiment. C'est nucléaire. Cataclysmique. Tsunamiesque. Valérie Lemercier n'est pas encore arrivée, on parle beaucoup d'Anne Roumanoff, et là, Muriel dégomme tout le monde. *L'Addition*, *Le Noir...* Ces sketches-là ne sont même pas des succès ; c'est au-delà. Il faudrait inventer un mot. Ils passent à la télé, à la radio. Il pourrait y avoir saturation. Même pas. Vous imaginez un sketch aujourd'hui devenir viral sur Internet en un claquement de doigts ? C'est ça, Muriel.

Les gens du métier déboulent, elle les met tous d'accord. Même phénomène que pour Florence Foresti des années plus tard. Muriel devient la reine, imbattable, indiscutable. Tout le monde l'adore. Tout le monde va la voir quatre, cinq fois, c'est complet, c'est archicomplet. Je profite un peu du succès, bien sûr, puisque les sketches sont écrits par elle et moi mais c'est tout de même Muriel qui est dans la lumière. Moi, je ne suis que le co-auteur.

Mais en la voyant va germer en moi l'envie de franchir un nouveau cap : monter sur scène moi aussi. Lors d'un enregistrement de *La Classe,* l'un des « élèves » m'a demandé si je ne voulais pas faire sa première partie. Il s'appelle Lagaf', il deviendra plus tard animateur télé, mais pour l'instant, il doit jouer en Suisse et me demande de faire sa première partie. J'accepte. Nous partons en train. Mes textes sont au point mais je n'ai jamais joué devant un public depuis que je « passe à la télé ». Lagaf' est adorable, il me dit à quel point il a de l'admiration pour mon écriture. C'est déjà un ancien de *La Classe,* il va me parrainer ce soir-là.

La salle de cette petite ville suisse est pleine à craquer. 1 000 places ! Lagaf' est vraiment populaire et moi, je n'en mène pas large. 1 000 places ! Les arrière-salles de Bordeaux sont loin, les pizzérias ont disparu, les cafés-théâtres sont oubliés. J'entre en scène. Il n'y a personne mais je sens quelqu'un dans mon dos. Mon père, peut-être. C'est une présence flottante, qui me pousse. Avant même que je commence, j'entends les applaudissements. Les gens me connaissent, les gens me reconnaissent, c'est la première fois que je joue devant un public conquis qui me connaît ! Quelle sensation ce « crédit » ! J'ai un souvenir à la fois très net et très flou de cette soirée. Tout va très vite mais tout est très conscient. C'est décidé. Il faut que je monte sur scène pour faire mon premier vrai spectacle. Tout seul.

Je rentre à Paris heureux, confiant, bien décidé à sortir de l'ombre de Muriel.

D'ailleurs c'est à elle que je dirai en premier que je veux

faire un one-man-show… Sur le moment on ne peut pas dire qu'elle m'ait encouragé. Plutôt le contraire.

Muriel, j'étais à elle. J'étais SON coauteur. Elle est très possessive. Pour dire la vérité, je crois qu'on a été très possessifs l'un envers l'autre. C'est la seule personne qui a changé ma vie et je crois que je suis le seul qui ait changé la sienne. À ce point-là. Il n'y avait rien qui se passait dans sa vie artistique et moi, tout d'un coup, je suis devenu le coauteur de la femme dont le Tout-Paris parle.

Ça a créé des liens très forts qui à l'époque engendraient beaucoup de passion entre nous. Rien n'était tiède.

J'aurais voulu qu'elle soit plus joyeuse à l'annonce de cette envie de one-man-show, mais non, ça la contrariait.

Avec le recul elle avait peut-être raison, je commençais trop jeune.

Mais « trop » ça fait un peu partie de la définition de ma vie.

# 2

Je n'ai pas pleuré lorsque à 8 ans, ma mère m'a annoncé la mort de mon père.

Le choc a été trop violent. C'était tellement irréel de perdre son père, alors que les vacances d'été suivaient leur cours, tranquillement. C'est comme si vous regardiez un film de Walt Disney et que tout d'un coup, au début de l'histoire, le personnage principal s'en allait. « *Il est où ?* » Ça n'avait pas de sens que mon père soit mort.

J'étais à ce point dans le déni que je me vantais à l'école de son décès, comme si c'était une scène d'un scénario de fiction. Je fabriquais ma peine. Ma douleur était trop enfouie, donc je la simulais.

Ça me rendait différent et apportait à ma vie une dramaturgie singulière.

C'est bizarre de se vanter à ce point de la mort de son père. Je sais. J'ai même supposé un temps que c'était une chance, qu'il n'y avait plus d'autorité au-dessus de moi et que c'est ça qui me donnait envie de tout oser.

Il n'y a que quelques années, en psychanalyse, que j'ai

commencé à le pleurer. Maintenant, je sais : cette disparition fut tout sauf une chance. Plutôt un séisme. Un traumatisme.

Un traumatisme qui m'empêchera toute ma vie de créer des liens forts avec les gens, notamment en couple, de peur que la mort ne me les enlève.

Parce que je souhaite à tout le monde d'être accueilli dans la vie comme je l'ai été par mon père et par ma mère. Avoir été désiré, aimé et admiré par mes parents m'a donné une énorme confiance en moi. J'ai été l'Enfant Jésus, le premier d'un couple qui s'aimait.

Je le sais mais je le sens aussi.

Nous habitions dans le quartier Nansouty, à Bordeaux, pas très loin de la gare Saint-Jean. Une maison d'un étage avec tout ce qu'il fallait autour : commerces, école, collège, lycée. Je suis l'aîné et j'ai deux sœurs. Hélène et Claire. Hélène a un an de moins que moi, Claire, cinq de moins. Hélène est aujourd'hui dentiste à Bordeaux et s'occupe de mon argent et de mes papiers. Claire est artiste peintre, à Bordeaux également.

J'ai des souvenirs heureux de ma petite enfance. Elle a gazouillé jusqu'à mes 8 ans. Mon père était médecin accoucheur, il était très souvent à l'hôpital mais lorsqu'il était à la maison, il était vraiment présent pour sa famille. Les week-ends où il n'était pas de garde, il les passait avec nous, ses enfants. Il se rendait dans « la pièce du train », située au premier, où il construisait son train électrique. Il nous appelait, Hélène et moi, pour que nous l'assistions, comme des infirmiers à l'hôpital. Nous lui apportions un rail, un wagon, un morceau de gare, un arbre, un panneau de signalisation. C'était un homme méticuleux et joueur. Nous voyions sous nos yeux notre père construire son train avec tout ce qu'il fallait de personnages, de décors, aussi concentré que s'il accouchait une patiente. Bon, je dois reconnaître qu'Hélène et moi, nous nous lassions plus vite que lui. D'ailleurs, il ne se lassait jamais. Même quand il montait les gadgets de *Pif*. Le magazine arrivait le mercredi et nous attendions notre père, le soir ou le week-end, pour qu'il fabrique la guillotine magique qui coupait le morceau de carotte et pas le doigt ou le stylo microscope. Ses connaissances scientifiques lui permettaient de nous expliquer comment fonctionnaient certains gadgets. Oui, c'était un père formidable. Je ne sais pas le mari qu'il était, ça devait être plus compliqué, mais le père était irréprochable.

Surtout, mon père avait une caméra Super 8 greffée à la main. Il inventait des petites histoires et nous mettait en scène. Il filmait nos jeux d'enfants dans le jardin, et il scénarisait même des petits sketches dont nous étions les premiers rôles, Hélène et moi. Il avait beaucoup de créativité. Je crois qu'il aurait bien aimé me voir dans mes one-man-show, tourner dans des films ou jouer une pièce de théâtre. Ses collègues médecins, que j'ai rencontrés plus tard à la sortie de mes spectacles, m'ont toujours dit que j'avais ses mimiques et sa façon de bouger. Il aurait sûrement aimé mon métier. Ma vie, je ne sais pas.

À la rentrée 1975, nous avons quitté Bordeaux pour aller habiter dans la région dacquoise, à Mimbaste. Mon père venait d'être muté à Dax pour quatre ans, comme chef d'hôpital. Il ne voulait pas travailler dans le privé. J'ai quitté tous mes copains bordelais et on s'est retrouvés dans une belle maison à étages avec jardin. La vie coulait des jours paisibles et puis au mois d'août 1976, elle a véritablement coulé. Mon père a été bipé en pleine nuit pour un accouchement. En revenant, il s'est planté contre un arbre en voiture.

Le lendemain matin, ma mère nous a juste dit : « *Votre père a eu un accident de voiture, il est à l'hôpital.* » À 35 ans, subitement veuve et mère de trois enfants, elle n'arrivait pas à nous annoncer la vraie nouvelle. Et puis il fallait qu'elle gère notre retour à Bordeaux, puisque nous n'avions plus de raison de rester à Dax.

Je me souviens avoir ressenti que c'était plus grave que ça, j'ai le souvenir d'un immense froid dans le dos, mais je voulais croire qu'il était à l'hôpital et qu'il allait revenir.

D'ailleurs, pendant une semaine, ma mère nous entendra dire, Hélène et moi : « *Quand papa rentrera, on fera ci, quand papa rentrera, on fera ça...* »

Ça a dû être horrible pour elle.

« *Pierre, Hélène, Claire, venez, j'ai à vous parler.* »

Il s'était passé à peu près une semaine dans la froideur de cette maison dacquoise, quand notre mère nous a réunis dans le salon. La pièce sentait déjà le départ. Les voisins étaient là, tous très sombres, c'était étrange…

Une solennité inattendue pour nous qui étions âgés de 8, 7 et 2 ans. Ma mère nous a regardés chacun à notre tour en nous prenant les mains. Et les mots sont sortis de sa bouche : « *Votre père est mort.* » Cette phrase ne signifiait rien. Hélène a hurlé. Moi, je n'ai rien dit, je n'ai pas pleuré. Je me souviens d'un certain soulagement, même…

Parce que ce que j'avais pressenti se confirmait ? Ou parce que je devenais l'homme de la maison, le chef de la famille, à un âge très œdipien où on aimerait bien que le père disparaisse ? Nous laissant rien que pour nous notre maman adorée… Franchement je ne sais pas. Il m'a toujours intrigué, ce soulagement. Alors qu'il me manque tellement mon papa aujourd'hui.

Les heures et les quelques jours qui ont suivi l'annonce de sa mort sont très flous, mes souvenirs sont confus. Ma mère n'a pas voulu que nous allions à l'enterrement, elle n'a pas voulu qu'on voie notre père dans un cercueil.

Je ne lui en veux pas, elle a eu le sentiment de nous protéger sur le moment, mais je crois que nous avons été privés de notre deuil. Je me suis toujours demandé ce que nous faisions le jour de l'enterrement. Jouions-nous à cache-cache en attendant qu'il revienne nous filmer avec sa caméra ? Jouions-nous au train électrique ? Étions-nous allés nous promener à vélo ? Étions-nous partis acheter des bonbons ? Je ne le saurai jamais.

Nous voilà repartis à Bordeaux, dans la même maison

que nous avions quittée un an auparavant, dans le quartier Nansouty. J'ai retrouvé mes copains d'école. Ma mère a voulu que nous reprenions notre vie d'avant. Tout avait pourtant changé.

J'ai souvent rêvé que mon père revenait avec sa voiture de cet accouchement de nuit.

# 3

C'était l'anniversaire de ma sœur Hélène. Elle allait fêter ses 10 ans. La maison était décorée, les gâteaux attendaient sur la table d'être avalés, des ballons étaient déjà gonflés. Les copains et les copines de ma sœur arrivaient un par un. Il y avait du bruit, ça sortait dans le jardin, ça entrait dans la maison. Les petits sont agaçants. Les amis de ma sœur sont forcément des petits. Moi, j'avais 11 ans. J'attendais que tout le monde soit là et je descendais de ma chambre par l'escalier en m'arrêtant à la seconde marche. Je les dominais tous. Et tel le petit prince régissant son peuple, j'ordonnais à tout le monde de jouer à mon train fantôme, fabriqué avec des draps et des fils de laine dans les chambres obscurcies de la maison. Puis d'aller dehors pour la chasse au trésor que j'avais prévue, puis de jouer à mes machines à sous fabriquées avec des cartons. Elles marchaient presque comme des vraies. Puis de retourner dans le jardin, puis un chat-perché dans le salon, et enfin, je décidais de l'heure du goûter.

Je me servais des anniversaires de ma sœur pour créer

des spectacles, pour monopoliser l'attention. J'étais obsédé par l'idée d'organiser, d'inventer, comme aujourd'hui j'organise des grands shows télé. Avec la même énergie. À partir du CM2, je vais imaginer et mettre en scène la fête de fin d'année de l'école, et en cinquième je vais écrire des pièces de théâtre. Petit, j'étais déjà mégalo. Je voulais tout le temps me faire remarquer, je cherchais constamment des compliments. Mes sœurs étaient bon public. Mais Hélène était mon souffre-douleur. Aujourd'hui, elle m'émeut. L'amour qu'elle a pour moi me touche beaucoup. Je sens que je suis un petit chaînon entre mon père et elle. Il paraît que j'ai aimé ma sœur Hélène plus que je ne le crois. Je lui ai demandé pardon pour ne pas avoir été toujours très gentil avec elle, mais elle ne comprend pas pourquoi je m'excuse.

L'année scolaire, nous étions à Bordeaux et nous passions les vacances sur le bassin d'Arcachon. Je n'ai aucun souvenir de vacances assez intéressant pour la bonne et simple raison que je ne les aimais pas. Quand il n'y a plus d'école, il n'y a plus de vie.

J'ai adoré l'école. Mon truc : être au centre de ma bande d'amis, organiser des jeux à la récré, séduire des professeurs. Il y a des cerveaux qui sont faits pour l'école, d'autres qui ne le sont pas. Ce n'est pas une question d'intelligence, c'est juste que mon esprit était fait pour la façon dont l'enseignement fonctionne, donc je comprenais vite ce qu'on me demandait d'apprendre et il me restait beaucoup de temps pour faire autre chose. Étant hyperactif, je pouvais m'occuper de théâtre, d'informatique, du journal du lycée, etc.

Le samedi soir, j'allais régulièrement chez ma grand-mère paternelle. Une femme drôle et sévère qui tenait la famille d'une poigne de fer. Elle m'aimait beaucoup mais j'avais un avantage sur tous les autres petits-enfants : j'étais le sosie de mon père, donc de son fils. L'ironie que j'ai parfois, comme une forme de lucidité qui pousse à faire rire, je la tiens d'elle. Nous passions beaucoup de soirées ensemble, elle et moi côte à côte sur le canapé devant la télévision. Elle me grattait le dos pendant que je regardais *Au théâtre ce soir*. J'avais 10 ou 11 ans et déjà, j'étais fasciné par Jacqueline Maillan. Ma grand-mère était la seule à comprendre le génie de Jacqueline Maillan et pourquoi, moi aussi, je l'aimais. L'autorité, l'ironie, la drôlerie, la présence, la folie.

En septembre 1978, *Grease* est sorti sur les écrans. John Travolta, Olivia Newton-John, l'histoire d'amour entre Danny et Sandy en comédie musicale avec gomina et paire de couettes. Je l'ai vu dès sa sortie. Un choc. J'étais en CM2 et plus rien ne comptait d'autre que cette histoire. Comme tout se passait bien en classe, dès que j'avais compris la leçon, je faisais semblant de recopier le cours alors que j'écrivais pour moi. En l'occurrence, en cette rentrée 1978, l'adaptation de *Grease*. J'ai embarqué quelques copains et copines et à l'aide de mon électrophone, j'ai voulu refaire *Grease* pour la fête de fin d'année. C'était moins bien que le film mais l'esprit était là. J'ai eu un peu moins de succès aussi.

J'ai écrit ma première vraie pièce de théâtre en cinquième, en utilisant les techniques d'*Au théâtre ce soir*. Et les meubles de notre salon, aussi ! Pendant que ma mère travaillait la journée, j'en avais profité pour vider la maison avec la camionnette du père d'un copain. Du coup, ma mère, qui s'était directement rendue à la fête de fin d'année après son travail, a découvert son salon sur scène au lever de rideau !

En plus, la pièce racontait l'histoire d'une veuve… Bref, beaucoup de choses étaient à elle ce soir-là, sur scène. Ses meubles, mais aussi un peu de sa vie. J'utilisais tout ce que j'observais. Et j'observais tout. Tout le temps.

Lorsque j'ai eu 13 ans, j'ai vu débarquer à la maison un médecin-colonel, Paul, ancien prétendant de ma mère avec lequel elle avait subitement décidé de se mettre en couple. Pour que j'aie un repère masculin, me dira-t-elle plus tard. Elle trouvait qu'il y avait trop de femmes autour de moi. Que je devenais même un peu efféminé… Ce qui n'est pas impossible.

Mon beau-père m'a immédiatement inscrit au judo. Pour me muscler, me viriliser. J'ai beaucoup aimé l'ambiance qu'il y avait dans ce club. Je suis tombé amoureux de Nicolas, le fils du prof de judo. Un Japonais. Il était très beau. Il fallait toujours que je trouve le plus beau mec et que j'en fasse mon ami ; en classe, au judo, en colo…

En septembre 1982, Antenne 2 a diffusé la première émission du *Théâtre de Bouvard*. C'était tous les jours à 19 h 45 avant le journal. Un rendez-vous familial. La récréation de la journée, à la maison, avant d'aller au lit. Nous y avons découvert Laspalès et Chevallier, Smaïn, ceux qui deviendront Les Inconnus, Mimie Mathy... Tous ces humoristes improvisaient des sketches et moi, le lendemain, je les rejouais à l'école ou devant mes sœurs. J'étais à la fois auteur, metteur en scène et interprète. Chacun avait ses préférés à la maison et moi, très vite, je n'ai vu que Muriel Robin.

Je suis passé un peu à côté des Nuls. Ils étaient trop branchés pour moi. Je ne me sens bien que dans l'humour intemporel. Il y a quelque chose de désuet en moi. Les Nuls se moquaient des trucs de l'époque, c'était très décalé. Je trouvais ça culotté, bien sûr, mais ce n'est pas mon univers. J'aime définitivement l'ironie bourgeoise du théâtre de Boulevard.

Les années 1980 étaient encore celles des boums. Il y en avait régulièrement. Les garçons draguaient pour essayer de rouler des pelles aux filles. De mon côté, j'écrivais des pièces de théâtre. Ça marchait bien. J'ai aussi monté un groupe de musique, créé un club informatique et un journal.

Et puis, parce qu'il fallait bien s'intéresser aux filles, je cherchais la plus jolie de l'école primaire, du collège, du lycée. Elle sortait avec moi pas forcément parce que j'étais le plus beau mais parce que j'étais celui dont on parlait. Le garçon que tout le monde remarquait. L'avantage pour moi, si je puis dire, c'est qu'à 15 ans, il n'était pas encore question de sexualité. Je ressemblais à un ado chic du XIX^e^ siècle. J'achetais des fleurs, je faisais la cour, j'écrivais des mots tendres. Vu de l'extérieur, c'était romantique. Je n'étais pas aussi enflammé mais il fallait que cette fille sorte avec moi, point. Pour mon image, pour le coté théâtral. Et ça marchait. La fille était souvent aussi hystérique que moi, ce qui m'allait parfaitement.

J'ai commencé à essayer de coucher avec une fille à 17 ans. Il fallait bien. Tout le monde en parlait. Mais j'ai reculé l'échéance. J'ai pourtant dû un jour me décider, vu que mes potes commençaient à me traiter de puceau, ce qui n'allait pas du tout avec l'image charismatique que je voulais conserver. J'ai choisi la fille la plus âgée, la plus dévergondée et… on y est allés. C'est là que je me suis rendu compte que j'avais des pannes sexuelles. Je n'y arrive pas. Surtout si la fille est demandeuse. Je suis bloqué. Je lui ai demandé de ne rien dire de ma panne. Et comme à l'époque on parlait souvent de la panne du puceau, c'est passé facilement. En fait, c'est une panne beaucoup plus profonde, puisque c'est celle de l'homosexuel.

Si j'avais alors accepté mon homosexualité, j'aurais sans doute eu le rapport aux femmes qu'ont les grands couturiers, j'aurais admiré leur beauté et on en serait restés là. Mais il était hors de question d'envisager autre chose que d'être hétéro. Tant que j'étais dans la phase de séduction, tout allait bien. Ma vie amoureuse s'est d'ailleurs souvent résumée à ça : dès que la routine du quotidien s'installe, ça devient compliqué. À 50 ans je ne connais pas cette sensation de dire : *« Comment ça va, chéri ? Qu'est-ce que tu as fait, aujourd'hui ? »*

En terminale, je suis tombé amoureux d'un mec de seconde totalement androgyne. Il a été le premier d'une longue liste de ces garçons au visage de fille dont l'allure est pourtant masculine. Ces hommes me fascinent. Aujourd'hui, je me rends compte que je n'étais pas si moche. Mais à l'époque, je ne voyais qu'un nez trop grand et une bouche trop petite. Mon drame ? Ne pas ressembler à David Bowie. J'aurais voulu être d'une perfection mathématique. J'étais fan du physique de Claude François, de Patrick Juvet : l'androgynie parfaite. Moi j'étais presque comme ça. Mais seulement presque. Donc je me trouvais moche.

J'avais de très bonnes notes mais à partir de la terminale, j'ai commencé à vriller. Je me suis teint les cheveux en blanc et je me suis affiché avec ce garçon androgyne. Ça a commencé à jaser et j'ai peu à peu perdu de ma superbe. Le Pierre Palmade qui se faisait mousser et remarquer sortait soudainement avec un jeune de seconde au visage de fille… On s'embrassait entre deux cours, on marchait la main dans la main et mes notes sont passées de 16 à 10.

Du coup, le passage en prépa HEC n'était pas garanti sur facture. Deux profs m'ont aidé, celui de maths et celui de français. Voyant que ça commençait à déraper et à sentir le roussi, j'ai décidé de prendre les choses en main comme je le faisais toujours. À la fin d'un cours de maths, alors que tous les élèves étaient sortis, je me suis approché du bureau du prof en train de ranger ses affaires et je lui ai dit, d'une voix ferme mais plaintive :

« *Il faut vraiment que je rentre en prépa HEC, c'est pour ma mère, vous savez que je suis capable d'être bon si je veux, bla-bla, bla-bla.*

— *Bon allez, vous avez quoi, 11 ? On va arrondir à 13.* »

Je suis allé voir le prof de français, même topo :

« *Excusez-moi je n'ai pas fait la dissertation, mais je répète une pièce de théâtre, vous savez, celle qu'on joue le 12 mai...*

— *Oui, bon, vous avez combien d'habitude ? 14 ? OK, je vous mets... 14, et puis vous m'invitez.* »

Certains profs me ramenaient en voiture chez moi. Je voulais me faire adopter et j'y arrivais.

Bureau du proviseur du lycée. Ma mère a demandé un rendez-vous parce qu'elle est inquiète de la baisse de mes notes. Son intention était évidemment bienveillante ; c'est une mère aimante. Elle prend la parole d'emblée. « *Mais dites-lui d'arrêter ses pièces de théâtre, parce que sa moyenne est en train de baisser, c'est dramatique, ça ne peut plus continuer comme ça !* » Le proviseur regarde ma mère à la fois amusé, sincère et surpris lui-même de ce qu'il va lui répondre : « *D'habitude, on est du côté des parents, mais là, votre fils est trop atypique. Je ne suis pas totalement sûr qu'il faille lui dire d'arrêter d'écrire des pièces de théâtre.* » Cette réponse a mis ma mère très en colère.

Ce genre de situation s'est répété en prépa HEC. Les cours avaient commencé depuis deux ou trois semaines et les profs nous expliquaient que nous allions être l'élite française, alors que nous avions plus de chances de finir patron d'un supermarché. Le discours était très agressif, relayé aussi par certains élèves prêts à en découdre pour jouer les petits chefs. Je suis allé voir mon prof de philo, qui me semblait être l'un des plus sensés.

« *J'ai un problème, je crois que je ne me sens pas de devenir un patron.* »

Il m'a regardé en souriant, limite en se marrant.

« *Mais barrez-vous ! Barrez-vous ! Je ne devrais pas vous le dire mais vous n'avez rien à faire avec ces épiciers.* »

Être artiste et être homo, c'étaient désormais les deux seules choses les plus importantes de ma vie, alors que je les avais toujours niées, jusqu'à présent. Et à Bordeaux en 1987, aucun des deux n'était possible. Personne, dans ma vie, ne m'a traité de pédé ni même insulté. Mais je me souviens d'un Pierre-Laurent, un très bon élève de terminale, qui commençait à ricaner dans mon dos. Deux ans plus tard, je suis célèbre, et l'école de commerce dans laquelle il est élève me demande de venir faire un gala. J'accepte à condition que ce soit lui, Pierre-Laurent, qui me remette le chèque. Si ça se trouve, il avait oublié qu'il s'était moqué de moi, mais au moment où il s'avance vers moi, je repense à cette année de terminale : « Bah, voilà, tu vois, tu te moquais de Palmade qui commençait à ne plus avoir la moyenne, qui se faisait décolorer les cheveux et qui était peut-être une tapette, eh bien maintenant c'est une vedette à qui tu es en train de donner de l'argent. Et je t'emmerde. »

L'enfance et l'adolescence ont été une salle d'attente. J'ai patienté. J'ai répété ce que j'allais être plus tard. Je suis revenu à Bordeaux, alors que je commençais à être connu. J'ai revu le petit groupe de copains avec qui je traînais. Eux ont vu revenir un monstre. J'ai été imbuvable. J'étais déjà sous coke, je leur racontais que je connaissais Michel Drucker, que je gagnais beaucoup d'argent. Je suis reparti en pensant à ces deux mondes irréconciliables. C'était vraiment bête. Personne ne me manque, mais je regrette de ne pas avoir su cultiver leur amitié. Ceci dit, j'ai mes souvenirs. Et ils me suffisent.

# 4

Ascension, succès, chute.

Aujourd'hui, alors que la décennie s'étire, j'escalade une nouvelle fois la montagne. Parce que je l'ai sacrément dégringolée… souvent dégringolée.

Entre 1989, date de mon premier spectacle, et 2005, période où je vais commencer à me reprendre en main, le temps a passé à une vitesse folle. Tout s'est accéléré, tout s'est précipité, tout s'est mélangé. Je m'affiche en sourire devant le public et me cache pour vivre dans les ombres de la nuit. J'ai l'impression d'avoir été une caricature du show-business.

Dans *Le Portrait de Dorian Gray,* d'Oscar Wilde, le héros vit une jeunesse éternelle, garde sa beauté d'adolescent, alors qu'un tableau le représente tel qu'il est réellement ; il vieillit, il s'abîme, il enlaidit, à la fois physiquement et moralement. Pendant toutes ces années, c'est comme si j'étais devenu Dorian Gray.

Nous sommes en 1988. La Plaine Saint-Denis est un petit Hollywood de la télévision situé au nord de Paris.

Les émissions s'enregistrent à la vitesse grand V dans les dizaines de studios installés dans des grands hangars. C'est de la télé au mètre, sans doute moins qu'aujourd'hui mais les chaînes commencent à se multiplier comme des petits pains et cette grande foire d'animateurs, de jeux, de candidats, de chauffeurs de salles et de public obéissant ressemble à une cour des miracles. Moi je me rends deux fois par semaine dans cette plaine magique pour y enregistrer *La Classe*. J'ai vraiment la sensation de faire partie du grand show-biz ou d'être une star américaine qui se rend sur un plateau de tournage californien. On y enregistre deux ou trois émissions par jour. J'y retrouve Jean-Marie Bigard, Lagaf', Anne Roumanoff, qui commence à être très connue, Élie Kakou, Éric Thomas... Un mélange de jeunes humoristes qui écument les cafés-théâtres et aussi de vieux de la vieille (Pompon, Bézu, Blaize) venus des cabarets comme le Don Camilo. J'y suis un élève brillant depuis le printemps, mes sketches sont bien notés et j'adore ça. À la rentrée 1989, je profite de cette notoriété grandissante pour faire mes premiers pas sur scène. Ça je le dois à Jean-Marie Bigard, qui m'a montré le chemin. C'est lui qui, le premier, a compris le tremplin formidable qu'est la télévision et qui a su se servir de *La Classe* pour remplir ses salles.

Avant les années 1990, le métier d'humoriste était très marginal. Le one-man-show, aussi. Desproges, Le Luron et Coluche venaient de mourir. Le marché de la vidéo et du DVD n'avait pas encore explosé. Et, surtout, l'argent et la réussite n'entraient pas en ligne de compte. Pas encore.

Jean-Marie me faisait rire, je le faisais rire. C'était le frère que je n'ai jamais eu. Aujourd'hui, nous nous sommes un peu perdus de vue, mais qu'est-ce qu'on s'est amusés ! C'est lui qui me pousse à monter seul sur scène alors que Muriel était très réticente. « *Fais comme moi ! Si tous les soirs Fabrice annonce à la télé que tu passes dans un café-théâtre, tu vas remplir à coup sûr ! Et puis il est temps que tu joues ton premier one-man !* » Il a raison. Je le sais. Mais j'avais besoin que quelqu'un me le dise.

Je décide alors de prendre mes meilleurs sketches et de les jouer au Point-Virgule. Je rappelle Sylvie Joly, que j'avais perdue de vue : « *Sylvie, est-ce que vous voulez me mettre en scène ?* » Je veux son nom sur l'affiche. Elle accepte. Et en septembre 1989, je joue au Point-Virgule mon premier spectacle, *Ma mère aime beaucoup ce que je fais*.

La loge est minuscule et tout le monde l'utilise à tour de rôle. Les vêtements s'entassent sur les chaises et les portemanteaux. Il y a deux grands miroirs devant lesquels on se maquille. On y fait évidemment tout : costumière, maquilleuse, coiffeuse... Pour les costumes, je choisis le noir ; pour la coiffure, j'arbore mes cheveux dressés sur ma tête grâce à des tonnes de gel ; et pour le maquillage, j'en mets partout et beaucoup trop, je suis au bord du travestissement. De la loge, on entend les copains sur scène. On entend aussi les rires. Ou pas. Le one-man-show est cruel, surtout quand on débute. La sanction tombe dans la minute. La guillotine ou les applaudissements. Moi, j'ai ma petite notoriété qui me suit comme une bonne fée. Éric Thomas, un Palois très énergique qui fait des bruits étranges avec sa bouche, passe à 20 heures, moi à 21 h 15, et Jean-Marie à 22 h 30.

Quand j'entre dans cette salle pas tellement plus grande que la loge, il y a du monde partout, quasiment jusque sur la scène. Je comprends l'intérêt économique de remplir mais je déteste ça. Je suis supposé parler à ma mère, comme le titre du spectacle l'indique, alors qu'en réalité, je m'adresse au gars ou à la fille à un mètre de moi. C'est très désagréable. Mais j'ai trouvé un truc : je louche. Ce qui m'évite de regarder les gens dans les yeux. Il est possible de s'en apercevoir sur certaines captations du spectacle. Michèle Laroque, venue me voir dans les premières semaines, a eu cette phrase qu'aurait pu écrire un journaliste : *« Ce garçon est très drôle mais il a un regard étrange. »* Je n'ai peur que d'une chose : qu'un type du fond de la salle crie *« moi aussi je peux être drôle »*. Et me traite quasiment d'imposteur. C'est arrivé de temps en temps. Dans ces cas-là, je stresse. Et puis l'expérience fait son boulot petit à petit et je continue le spectacle en pilotage automatique. Le public est quasiment toujours bienveillant car c'est se foutre à poil que de monter tout seul sur scène, même si les rires servent de cache-sexe et permettent de tout affronter. Ceci dit, on engagerait des snipers dans la salle prêts à flinguer le type qui parle en pensant être plus drôle que moi, je ne dirais pas non.

Le public de *La Classe* remplit le Point-Virgule et, très vite, Michel Drucker vient me voir. Il m'invite à *Champs-*

*Élysées*, l'émission du samedi soir qui cartonne. Il veut que je joue *Le Colonel*, l'histoire d'un mec très efféminé qui règle ses comptes avec son colonel pendant son service militaire d'une manière très effrontée.

Avec ce final assez drôle :

« *Ah !... Tous les matins, y a un type, faut absolument trouver qui c'est... qui, sur les coups de 6 heures, joue de la trompette ou du saxophone – je sais pas ce que c'est comme instrument – et ça réveille TOUT le monde !*
*En plus il joue pratiquement toujours la même chose, c'est irritant... faut faire quelque chose hein...*
*... Ah, c'est du clairon ?... C'est possible. Je ne suis pas très mélomane.*

*Il le fait exprès ?... Mais il est fou, ce type !*
*(Doigt sur la tempe.)*

*(Le colonel lui explique.)*
*Ah oui... Mais là, non, hein !*
*... À ce moment-là, 6 heures, c'est beaucoup trop tôt !*
*Moi je vois, si j'ai pas mes huit heures de sommeil, je suis qu'à cinquante pour cent de mes capacités !*

*... Non, non, non, mais vous êtes très agréable... pour un militaire... mais je trouve que vous exagérez un peu là quand même !...*

*(Le colonel lui parle.)*
*Pardon ?... Vous allez m'offrir... une chambre individuelle ?*
*... J'en demandais pas tant !...*

*(Il semble émerveillé.)*

*Et pendant une semaine j'aurai rien à faire ?... Non. non, c'est très aimable de votre part, enfin je ne voudrais pas non plus susciter de la jalousie chez mes camarades... parce qu'ils sont très...*

*(Le colonel le coupe.)*
*Vous insistez, j'accepte !*
*... Mais c'est nouveau ces petits lotissements individuels ? C'est quoi ?*

*Ah, ça existe depuis toujours ? Aaah...*
*... et comment ça s'appelle ?... Le... « GNOUF » ? Ça sonne bien !... Mais, c'est pas un geste que vous allez regretter, hein ?*

*Bon, ben écoutez, je pars de ce pas dans mon... « GNOUF »*
*Passez me voir à l'occasion !*

*(Il s'éloigne avec un clin d'œil.)*

Au début je refuse de présenter ce sketch chez Drucker. Je ne veux pas commencer ma carrière en jouant une folle. Je me dis que je vais être démasqué, et qu'on va me traiter de pédé. Sylvie Joly me prend entre quat'z-yeux et remet les choses en place : « *Mais on s'en fout ! Si c'est drôle, c'est drôle.* » Elle a raison. Les gens n'ont pas dit : « *Oh là là ! Il est homo !* », ils ont dit : « *Oh là là ! Que c'est drôle ce sketch sur l'armée !* ».

Après l'émission de Drucker, tout s'enflamme. Le

spectacle de Muriel Robin, dont je suis le coauteur, est un succès, *La Classe* est un succès, mon spectacle est un succès. Depuis le passage chez Drucker, le Point-Virgule est plein. Je suis le Petit Prince. S'il y en a des plus drôles, j'ai pour moi l'insolence de l'âge. 20 ans. Depuis Thierry Le Luron, on n'a pas vu quelqu'un de si jeune avoir un tel succès. Et je peux me vanter de faire rire toutes les générations, pas seulement la mienne.

Hors de la scène, ma vie n'est pas grand-chose. Je sens bien que j'ai besoin de coucher avec des garçons mais je suis obsédé par mon métier. On peut aussi le dire autrement : je prétexte d'être obsédé par mon métier pour éviter de me dire que j'ai envie de coucher avec des garçons. Il y a quelque chose qui me bloque. Dans ma tête, je suis un hétéro qui va forcément devenir père de famille, qui doit vivre avec une femme et avoir des enfants. Mais le corps des mecs m'excite. Je suis hétéro des cheveux au nombril, des cuisses jusqu'aux pieds, mais entre ces deux parties, il y a un petit endroit où un homo est planqué. Il faut négocier avec lui.

Dans la partie hétéro, il y a aussi le cœur. Pour moi, sentimentalement, je suis hétéro, donc il est hors de question de tomber amoureux d'un garçon. J'aime séduire les femmes mais je ne parviens simplement pas à coucher avec elles. Je bande dans la salle de bains mais le temps que j'arrive au lit, je débande. J'ai peur. Mais très vite, je découvre les boîtes de nuit. Jean-Marie Bigard sait faire la fête et lui et moi allons courir le Tout-Paris. Mais je découvre surtout l'alcool et la coke. J'ai 20 ans. Et tout d'un coup, désinhibé par ces produits, il m'est beaucoup plus facile d'être homosexuel et de coucher avec des garçons.

C'est même grâce à la coke que je peux être homo.

C'est vous dire le refoulement que je me trimballe depuis Bordeaux !

VIP. Very Important Person. En français : lieu réservé aux gens célèbres. Banquettes confortables, seau à champagne pétillant, alcool fort. Les verres remplissent toute la table. Et se remplissent à toute allure. Un endroit privilégié et vu par tout le monde. Ce qui me va très bien. Je suis une nouvelle fois au centre du monde. Le rituel des soirées est toujours le même. Restaurant, entrée, plat, dessert, picole, coke et rigolade. Et l'addition pour ma pomme. On rit beaucoup. Énormément. La nuit est à nous. Je suis entouré d'une bande de potes qui grossit de soirée en soirée et qui rit à tout ce que je dis. D'abord, une boîte hétéro pour tester ma notoriété, ensuite, une boîte homo pour draguer. Moi, je fais le show dans le carré VIP. La nuit est le seul endroit où on peut prolonger artificiellement la scène. Là aussi, j'ai un public. Je le drague, je lui offre des tournées et tout le monde est content. C'est plus difficile de se faire admirer à 11 heures du matin dans une boulangerie.

Quand je pense que six mois plus tôt, je ne savais pas ce qu'était la fête.

Cette vie de travail et de décadence me plaît. Mon

corps encaisse vachement bien. Je me réveille, « *Oh je suis célèbre !* », l'après-midi, j'enregistre *La Classe,* le soir, je joue mon spectacle au succès insolent, la nuit, je retrouve les copains dans mon milieu interlope, comme on dit.

Les deux mondes sont bien cloisonnés à cette époque. Le public ne peut pas savoir et il ne voudrait sans doute pas savoir. Il n'y a pas Internet. Dans le milieu gay d'alors, personne ne va balancer comme on balance aujourd'hui.

Je suis célèbre et je me sens intouchable. Je ne me rends pas trop compte sur le moment car je pense rester bien élevé mais en fait je suis imbuvable. Je suis… Il faut que je fasse attention à ce que je dis, parce que j'aime bien dire du mal de moi. Encore aujourd'hui, Florence Foresti me rabâche : « *Arrête de te déprécier comme ça.* » Mais cette vie-là me monte à la tête. Personne ne me dit d'arrêter mes conneries.

Je rapporte de l'argent… Tout le monde y gagne, donc on me laisse tranquille. Je suis très jeune. Trop jeune. Jean-Jacques Goldman, pour qui j'ai une profonde admiration, a dit qu'il était heureux que son succès ne soit arrivé qu'à 30 ans. Il a raison. Avant 30 ans, on ne peut pas gérer.

Cerise sur le gâteau, je reçois le bulletin des droits d'auteur du spectacle de Muriel Robin. 5 % de la recette. 200 places à 50 francs, chaque soir. Traduisez la même somme en euros. Moi, avec mon spectacle, je fais moins de monde mais je touche le maximum. 10 % de la recette. Je passe de l'argent de poche aux poches pleines d'argent.

Très vite, je paye pour tout le monde au restaurant. Et en boîte de nuit, ma carte bleue devient un frisbee. Un soir, le patron d'une boîte de nuit me dit : « *Vous êtes le seul artiste qui dit "Combien je dois ?", il y en a plein qui se barrent sans payer.* » Payer, c'est rendre ma chance. Comme si j'avais une voiture 5 places et que je faisais monter les potes pour qu'ils ne prennent pas le bus. Je n'ai aucune autre envie. J'ai un appartement normal, je n'ai pas besoin de fringues, pas besoin de maison. C'est métro-boulot-dodo à ma façon. Sauf que je ne prends pas le métro et que je ne dors pas la nuit.

Côté boulot, c'est facile. Les sketches, je les écris en deux heures. Ça mûrit, ça mûrit, et vlan, ça sort. Il me faut un après-midi à jeun pour deux ou trois sketches. Je rentre me coucher à 6 ou 7 heures du matin, je fais des petites nuits ou des petites matinées plutôt. Mon inspiration, c'est souvent moi. Un de mes sketches évoque même un mec qui essaye d'avouer qu'il est homo mais qui n'y arrive pas. Je cherche à me comprendre, à mettre des mots sur ce que je vis. Dans mon dernier spectacle, *Aimez-moi,* que j'ai joué en 2018, je n'ai jamais été aussi près de moi. Mais là déjà, à 20 ans, je me rends compte que je commence à avoir un style. Inutile de chercher une idée de sketch, elle vient à vous naturellement si vous partez du principe que rien n'est normal. Je ne fais que remarquer des détails, et trouver que le banal est extraordinaire. Et puis, il faut vivre les choses pour pouvoir en parler. L'humoriste qui va juste à la terrasse du café pour observer ses contemporains, ça me fait doucement rigoler.

Moi je n'observe pas, je réagis. Je me venge même parfois.

Un con m'obsède ? Je m'en moque dans un sketch et j'ai l'impression de le tuer comme j'aurais voulu le tuer dans la vie. Par contre quand je parle de moi, je me cache derrière un personnage. Dont je me moque aussi…

Le Banana Café, qui vient d'ouvrir en septembre 1990 dans le quartier des Halles à Paris, est notre lieu de rendez-vous. Muriel Robin et Catherine Lara en sont les marraines. C'est un lieu gay-friendly, comme on ne disait pas alors. Ouvert jusqu'à l'aube et dont le patron est mon ami Tony Gomez. Autant dire que je suis en terrain connu. J'y suis quasiment tous les soirs et, tous les soirs, je ramène un mec chez moi. Parce que cette célébrité me rend beau et ça, c'est fascinant.

Être célèbre c'est être singulier et moi qui ai tellement peur d'être une fourmi dans une fourmilière, d'être un anonyme dans la foule, je la savoure cette célébrité. De toute façon, depuis tout petit, j'entends : « *Mais pour qui il se prend Palmade ?* » Depuis la maternelle.

Et là ça continue au Banana Café… « Pour qui il se prend Palmade ? »… « Eh ben il se prend pour Palmade et il t'emmerde… »

J'aurais aimé être plus humble, je n'y arrive pas.

C'est une voix que je reconnaîtrais entre mille. « *Allô ? C'est Jacqueline Maillan. Il paraît que vous m'aimez bien, moi aussi. Rappelez-moi !* » Vous allez voir comment ce message est arrivé sur mon répondeur.

À force d'entendre partout que Muriel Robin est la nouvelle Maillan... Jacqueline Maillan appelle un jour Muriel : « *Bonjour ! C'est l'ancienne Maillan. Il paraît que vous êtes la nouvelle. Bon, je vais venir vous voir.* » Et Muriel m'appelle à son tour : « *Devine qui vient me voir ce soir ? Jean Poiret et Jacqueline Maillan.* » Mon Dieu ! « *Viens, viens, viens !* » Un peu que je viens !

Le théâtre du Splendid où Muriel joue le 2e spectacle qu'on a écrit ensemble est plein. Mais il y a toujours des places réservées pour les invités. Jacqueline Maillan et Jean Poiret arrivent un peu au dernier moment, ainsi que le font souvent les gens célèbres. Je suis au fond de la salle, comme à chaque fois que j'assiste au spectacle. Je les vois arriver. Jacqueline très classe, très bien coiffée, très chic, incroyablement chic. Peut-être inquiète de voir celle qui est en passe de la détrôner. Et Jean Poiret que le public remarque au moins autant que Jacqueline. Les films de Claude Chabrol où il joue l'inspecteur Lavardin l'ont rendu très populaire. Et puis *La cage aux folles*, bien sûr : la séquence de la biscotte avec Michel Serrault passe dans toutes les émissions télé sur les comiques. Les spectateurs se retournent, chuchotent, hochent la tête. Ils ont bien vu que deux célébrités sont là mais ils ne se doutent pas de ce qui se trame en coulisse. Ou plus exactement au fond de la salle. En l'occurrence dans ma tête. Je vois ma Jacqueline Maillan en vrai pour la première fois de ma vie.

Je suis excité et flippé. Heureux et angoissé. Je me planque dans le mur. Je disparaîs sous la moquette. Pendant le spectacle, je me place sur le côté de façon à ce qu'elle soit dans ma ligne de mire. Je veux l'observer, scruter ses réactions. Tant pis si elle bâille ou si elle s'endort. Je veux la voir pendant qu'elle regarde Muriel et qu'elle écoute les sketches que j'ai co-écrits. Les lumières s'éteignent. Le silence tombe sur la salle. Le rideau se lève. Muriel entre en scène. Au début, Jacqueline est circonspecte. Et moi, de plus en plus inquiet. Je fais quoi si elle n'aime pas ? Je me jette dans la Seine ? Je rentre à Bordeaux ? Je m'excuse auprès d'elle ? Je n'ai pas encore trouvé la réponse lorsque je la vois rire, et rire encore. Jusqu'à la fin du spectacle. Elle applaudit avec conviction. Jean Poiret, aussi.

La salle se vide, les gens sont contents. J'aperçois Jacqueline et Jean se rendre en coulisses pour aller voir Muriel. J'attends quelques minutes et je me décide à les rejoindre. Rassuré par le succès, angoissé par la rencontre. Jacqueline est dans la loge de Muriel, qui me présente : « *Voilà le co-auteur.* » Jacqueline se tourne vers moi, me sourit. « *Ah ! C'est très bien ce que vous faites.* » Jacqueline est très digne, très réservée. Je ne peux pas rêver plus beau compliment. Moi. Je. Pierre. Palmade. Adoubé par Jacqueline Maillan. Mon idole depuis toujours. Félicité. Applaudi. Peut-être même respecté.

Et quelques jours plus tard, je reçois sur mon répondeur : « *Allô ? C'est Jacqueline Maillan. Il paraît que vous m'aimez bien, moi aussi. Rappelez-moi !* »...

J'ai écouté ce message une vingtaine de fois. Et bien sûr, je rappelle Jacqueline Maillan.

Trois jours plus tard, j'ai rendez-vous chez elle, dans un très bel immeuble qui donne sur la place du Trocadero. J'ai l'idée de demander au fleuriste d'en face s'il connaît Jacqueline Maillan – il me répond oui – et s'il connaît ses fleurs préférées. Il me répond « *les tulipes jaunes* ».

Je sonne donc chez elle les bras chargés de tulipes jaunes.

« *Comment vous saviez ?* » s'étonne-t'elle.

« *Je ne savais pas. C'est le hasard !* » Je réponds.

On s'assoit sur son canapé. Ce que je ressens est indescriptible. Fascination, intimidation, euphorie... Je n'ai jamais autant rêvé éveillé que ce jour-là.

Très vite elle me lance « *Est-ce que vous avez une idée pour moi ?* » Je n'en ai pas mais je réponds oui. On ne répond pas non quand une Jacqueline Maillan vous pose cette question.

Mais je précise : « *laissez-moi une nuit pour tout mettre en ordre et je vous raconte demain.* »

J'avais donc une nuit pour trouver une idée de pièce pour Jacqueline, c'était plus qu'il n'en fallait.

Le lendemain elle sera emballée par le thème au point de repousser son projet avec Balasko qui lui avait écrit une pièce et qui donc ne verra jamais le jour puisque Jacqueline mourra d'une crise cardiaque, un an plus tard...

L'année 1991 démarre alors en fanfare : j'écris une pièce pour La Maillan.

Jacqueline avait connu un énorme succès quelques années

plus tôt avec *Lily et Lily* de Barillet et Grédy mais avait ensuite dérouté son public en acceptant de jouer pour Patrice Chéreau une pièce de Bernard-Marie Koltès, *Le Retour au désert*. Jacqueline voulait entrer dans la cour des grandes actrices en travaillant avec ceux que le Tout-Paris-critique encensait. Mais le succès n'avait pas été au rendez-vous et elle avait été touchée par cet échec.

*Pièce montée*, que je lui ai écrit, est le monologue d'une femme qui s'apprête à recevoir sa famille et ses amis pour son anniversaire et qui raconte sa vie entre souvenirs et réflexions amusantes. C'est ma première pièce, écrite trop vite sûrement, pour laquelle j'ai mêlé le principe du one-man-show – le one-woman-show en l'occurrence – et les techniques du Boulevard taillées pour la reine du genre qu'est Jacqueline.

Pendant que j'écris, je vais la voir régulièrement chez elle dans le 16e arrondissement. Et nous dînons souvent ensemble. Pendant le repas, je lui lis des passages de la pièce. Elle m'écoute religieusement. Sourit. Fait quelques remarques. Elle est un peu déroutée par le principe des personnages imaginaires, elle qui n'aime rien tant que jouer avec ses partenaires qu'elle déstabilise avec plaisir, mais elle espère tellement renouer avec le succès que suivre le jeune auteur qui monte lui plaît. Peut-être sait-elle confusément que ce sera sa dernière apparition sur scène. Les dîners avec elle sont toujours très agréables. J'ai mon idole en face de moi à qui je raconte les mots que j'ai imaginés pour elle. Je lui tiens aussi compagnie. Nous mangeons d'un bon coup de fourchette. Je bois modérément. Je ne prends jamais de coke avant le dîner, ça coupe l'appétit, mais après le repas je file aux toilettes pour prendre ma petite ligne. Je suis très discret. Un soir, je la ramène en voiture : « *Vous savez, Pierre, on a tous nos petits secrets, mais faites attention à vous, à votre santé. Voilà, je sais, je vous vois aller aux toilettes après le dîner. Je n'ai pas à m'en mêler, mais faites attention à vous.* »

Elle avait tout vu, tout compris, ça m'avait séché.

Mais depuis, à chaque fois que je gagne une bataille contre la drogue, je pense à elle : « Vous voyez Jacqueline, j'y arrive, j'y arrive. »

Muriel, elle aussi, remarque que je déconne. Ses spectacles marchent tellement bien qu'il faut sans cesse écrire de nouveaux sketches. On est censés se retrouver deux ou trois fois par semaine pour travailler mais j'annule de plus en plus souvent nos rendez-vous. Et lorsque je suis présent, je ne suis bon à rien. Muriel a devant elle un fantôme.

« *Tu as vu ta tête, Pierre ? Tu m'emmerdes, tu peux pas aligner un mot devant l'autre, tu t'affales sur le canapé, tout juste si tu te mets pas à roupiller. On a du boulot et toi, tu cuves.*

— *Faut pas exagérer, on va y arriver. Ça prendra juste un peu plus de temps.*

— *Plus de temps pour que tu me sortes des idées à la con, ça ne m'intéresse pas. Va te laver. Le corps, l'esprit, les neurones. Tout. Et après tu reviens.* »

À l'époque, je ne voyais que sa colère, mais maintenant je sais qu'elle était inquiète. Et puis elle voulait son co-auteur en forme.

Je sais que j'ai du talent. Quand je monte sur scène, tout le monde me regarde. Quand je parle, quand je m'agite, je capte l'attention. Cette assurance idiote m'empêche de prendre des cours de comédie. Le public s'amuse, mais le métier ne voit pas un acteur très bon sous sa coiffure show-biz dont beaucoup se moqueront. Je m'en fous parce que les salles sont pleines. Je suis un compétiteur et si on me cherche, je rappelle mes faits d'armes. Les gens me disent : « *Tu as eu de la chance, tu te rends compte ? Tu as rencontré Robin, Maillan, Joly...* » D'accord. Donc je n'ai eu que de la chance ? Mon talent n'est peut-être pas si visible, finalement. Christophe Duthuron, avec qui j'ai écrit *Fugueuses* et *Pierre et fils*, a dit un truc que j'aime beaucoup : « *L'écriture de Palmade, on croit que c'est de l'eau mais en fait c'est de la vodka.* »

Oui ce que j'écris est du quotidien avec des phrases apparemment banales, qui ne sonnent pas comme du Guitry, mais elles sont pleines de sous-entendus ces phrases, et ceux qui rient l'ont compris.

J'écris pour Jacqueline Maillan. J'écris pour Jacqueline Maillan. J'écris pour Jacqueline Maillan. Je redeviens un gamin. Je me pince pour y croire. Le printemps est enchanteur et je mets un point final à *Pièce montée* au début de l'été. Ma santé bourgeonne mais j'ai besoin de vacances et j'accepte l'invitation de la productrice de *Pièce montée*, Jacqueline Cormier, qui me propose de passer quelques jours dans sa villa près de Saint-Tropez avec Maillan. Je suis dans l'Olympe avec piscine, cocktails et soleil à volonté. Les journées s'étirent, les soirées sont douces. Les matins débutent vers midi lorsque je sors de ma chambre. Je bois mon café en silence avant de profiter du transat pour attaquer une journée à 2 à l'heure. Mon regard se perd à travers la baie vitrée du salon lorsque j'entends un bruit derrière moi. Une dame sort de la salle de bains en peignoir, une serviette sur ses cheveux mouillés, et s'avance vers moi. Là encore, je reconnais cette voix entre mille. Grave, sensuelle ; avec une petite pointe de provocation. « *Ah c'est vous ! J'aime beaucoup ce que vous faites.* » C'est Jeanne Moreau. Donc je vais passer quelques jours de vacances avec l'amoureuse de *Jules et Jim*. Je me pince.

Le lendemain, c'est Jean-Claude Brialy qui vient dîner ! Brillant, caustique, des anecdotes plein son sac de plage. Cet homme est génial. Un matou qui griffe. J'ai en face de moi l'histoire du cinéma et du théâtre français en douze volumes. C'est un mélange de rumeurs et d'anecdotes croustillantes. Il y a malheureusement encore prescription.

Quelques jours plus tard, ce n'est plus un chat mais un guépard qui débarque. Alain Delon. Sauvage, séduisant, provocateur. Qui me lance à peine arrivé : « *Ah t'aimerais bien te le taper Delon, hein ? Allez ! Viens faire une photo, ça va te faire plaisir !* »

Delon est dingue ! Il ne me fait que des allusions homos.

Il est au mitan de sa cinquantaine flamboyante. Côté cinéma, ce n'est plus tout à fait ça mais je me souviens de son retour au festival de Cannes pour *Nouvelle vague* de Jean-Luc Godard. Je n'ai pas vu le film mais la photo de Delon sur le tapis rouge, saluant la foule agglutinée au pied des marches, est restée célèbre. Ça fait plus de trente ans qu'il est en haut de l'affiche. Un jour très très haut, un autre un peu plus bas. C'est presque rassurant de se rendre compte qu'un tel mythe a connu autant de coups droits que de revers. En le regardant, je me demande où je serai dans trente ans…

Je sens que je suis passé dans une autre dimension où je suis celui qu'on regarde, celui dont on parle. Adoubé par le milieu. Rien ne peut m'arriver. Ou alors tout. C'est comme une montée de drogue ; cette vie n'en finit pas d'être euphorisante. Si je couche avec de plus en plus de garçons, je ne suis pas embarrassé par les histoires d'amour masculines. Alors, régulièrement, je tombe amoureux de femmes mûres. La productrice de *La Classe,* elle a vingt ans de plus que moi, je lui fais la cour, on flirte. Je la préviens que je vais peut-être avoir des pannes sexuelles, donc on esquive le moment d'aller au lit. Avant Véronique Sanson, il y a eu plein d'autres femmes dans le même style : fortes, indépendantes, belles. Des amazones comme je les appelle. J'ai régulièrement besoin d'épater les copains avec ces femmes magnifiques et plus âgées que moi. Une façon d'affirmer que je ne suis pas homo. Être bisexuel, ça ne se dit pas encore. Et à qui on le dit, d'abord ? À soi, d'accord. Je veux bien tomber amoureux discrètement d'un mec, mais après, il faut le présenter... Qu'est-ce qu'on dit ? « *Voilà mon chéri* » ? Ce n'est pas possible. Dès qu'un semblant de tendresse s'installe avec un type, je ne suis plus là. L'idéal de l'homosexualité, c'est du cul et basta ! Je me refuse à l'amour et à vivre une relation durable. Je flashe sur le plus beau mec de la boîte, et ça dure deux ou trois jours. Un trophée de chasse. On m'a enlevé mon père, donc s'attacher à quelqu'un c'est, déjà, le risque de le perdre. Si aimer et être en couple, c'est créer des futurs chagrins, non merci.

Je séduis plein de femmes, j'envoie des fleurs, elles sont un peu déçues ou en colère de mon impossibilité à passer à l'étape suivante. Pas de sentiments avec les mecs avec qui je veux coucher. Pas de sexe avec les femmes que je veux séduire. C'est clair : rien n'est possible et rien ne le sera jamais.

Mais c'est facile à vivre, enfin c'est ce que je me dis. Un peu d'affectif d'un côté, un peu de cul de l'autre. L'addiction à la coke fait que je pars à l'aventure tous les soirs. Pendant trente ans, je vais reproduire la même soirée. C'est lamentable. Je peux juste être reconnaissant de m'en être sorti indemne.

# 5

Quatre spectacles solo en quatre ans, c'est rare. Je n'ai pas prévu cet enchaînement. C'est au-delà de mes rêves. *La Classe*, Drucker, Sabatier, Sébastien, Foucault… Je fais toutes les émissions de variétés. Et je peux vous dire que quand on passe à *Sacrée soirée* dans les années 1990, on n'est pas peu fier.

C'est comme si j'étais allé à la piscine, juste pour le plaisir de nager, et que, tout à coup, on me dit : « *Tu vas aller au J.O.* ».

Et j'y gagne la médaille de bronze ou d'argent.

Je n'ai jamais été médaille d'or, parce qu'il y a toujours Muriel au-dessus de moi. Je n'ai jamais vécu ce qu'a vécu Dany Boon ou même Jamel. Être le premier. Mais ce que je vis est incroyable ; j'ai trouvé mon rôle dans la société. Je suis humoriste. J'ai une identité sociale. C'est aussi une façon de prouver à ma mère que je ne me suis pas trompé de voie. Car j'ai quand même fait le même cauchemar jusqu'à l'âge de 40 ans : je suis en prépa HEC, les profs me disent « *Palmade, au tableau* » et je ne sais pas quoi faire.

« *Ce n'est pas parce que vous êtes devenu célèbre qu'il faut ne rien apprendre !* » J'ai longtemps eu peur de ne pas avoir fait ce que ma mère souhaitait de moi. Et de la décevoir.

Vivre sa vie, c'est parfois au prix d'une énorme culpabilité.

Dans mes one-man-show, je caricature plein de gens sur scène mais il y a toujours deux ou trois sketches qui parlent de moi. Personne ne peut faire la part des choses. À l'époque, le sida est un truc très flippant. On en meurt. L'homosexualité se confond avec une maladie mortelle. Un soir, je ramène un mec chez moi. Il me lance : « *Je te préviens, tu as le droit de réagir comme tu veux, je suis séropositif.* »

Je me dis qu'après tout, la différence avec le mec d'hier, c'est que lui me le dit. Donc je prends le maximum de précautions. Et je flippe à mort.

Cette situation m'a servi de base pour un sketch. À la seule différence, évidemment importante, que je parle d'un hétéro. Dans *Ludivine,* le gars ramène une fille chez lui, il est pressé de la sauter et elle veut absolument lui dire quelque chose. Quand elle avoue qu'elle est séropositive, le mec botte en touche. Il ne la sautera pas. Les séropositifs étaient des pestiférés, ça me plaisait de le montrer. Même si ça glaçait un peu la salle.

Aujourd'hui, il y a une omerta sur le sida très inquiétante. On n'en meurt plus certes, il y a même une pilule pour ne pas le choper, mais ça reste une maladie très encombrante et très difficile à avouer à un partenaire.

En bon hypocondriaque, choper le sida est encore ma hantise. J'ai au moins fait trois sketches là-dessus.

Sur scène, seule m'anime l'envie d'être drôle et de ressembler à une sorte de La Bruyère qui croque ses contemporains. Je n'ai pas conscience d'être émouvant, ou de pouvoir l'être. Je veux être intelligent. Je veux être celui dont on dit : *« Ah oui il a remarqué ça ! »* Un moraliste. Jouer des petites fables. Un côté Oscar Wilde première période. Wilde a commencé en se moquant des autres et en cachant ce qu'il était, puis, petit à petit, il s'est affiché homosexuel.

J'espère que mon histoire finira mieux que la sienne.

Mes personnages sont plus ou moins à leur place dans la société. Ils essayent tant bien que mal d'être dans la norme qu'on veut leur imposer. Et ils n'y arrivent pas souvent. Ce qui peut, évidemment, être aussi vu comme un jeu de miroir avec moi. Dans *L'Hôpital*, une femme n'en peut plus d'aller voir des malades avec des tuyaux partout, ça la démoralise, elle râle et avoue que, finalement, le plus dur à l'hôpital, c'est pour les gens en bonne santé. Elle est a priori pleine d'empathie mais, en fait, elle est horrible. Dans *Le Maghrébin*, je raconte un mec qui déclare ne pas être raciste puisque son meilleur ami est un Arabe. Ce qui lui permet de sortir des horreurs. J'avais remarqué ça à l'école : certains élèves se jetaient sur le Noir ou sur l'Arabe pour le protéger alors qu'il ne s'était rien passé. Comme une sorte de bonne conscience un peu étrange dans laquelle on peut aussi voir du racisme. On retrouve ça aujourd'hui chez les bobos qui s'élaborent une espèce de charte morale, de peur de ne pas être des chics types eux-mêmes. Ça m'amuse.

Je pense que je pratique un humour féminin. L'humour des femmes est celui qui ne cherche pas à dominer son auditoire. Guy Bedos vous balance une blague et vous regarde d'un air de patron. Jamel Debbouze, Gad Elmaleh, c'est aussi de l'humour masculin, ils ont deux couilles minimum. Moi, j'aime bien faire comme si je ne me rendais pas compte que je suis drôle. Certains font de l'humour pour avoir du pouvoir, d'autres pour se faire adopter, d'autres pour fraterniser philosophiquement, comme Édouard Baer.

Moi c'est une entreprise de séduction. J'imagine souvent jouer pour celui qui me déteste dans la salle, souvent un homme amené de force par sa femme, et qui à la fin du spectacle se dira : « *Tiens finalement Palmade j'aime bien !* ».

Je vais petit à petit prendre goût à tout dire sur moi. Surtout en interview. Je trouve que la transparence et l'autodérision ont un charme fou. Ça ira par étapes bien sûr, mais ça ira loin. Jusqu'à ce livre aujourd'hui.

Dans les années 2000, je basculerai carrément dans la justification. Parce que je vis dans un milieu parisien qui sait tout sur tout, je passerai mon temps à lui répondre, alors que mon métier, c'est de m'adresser au grand public. Je justifierai mes bringues, mon homosexualité. Je me répandrai pour que le plus méchant des méchants attachés de presse parisiens en ait pour son argent. Je vivais mal mes petits secrets de noctambule que tout le métier connaissait mais que le public ignorait.

En fait je veux choisir le mal qu'on dit de moi. C'est une protection. Se démasquer avant que d'autres ne le fassent trop brutalement. Trop méchamment.

J'envie les gens secrets, mais moi je ne sais pas l'être.

J'enchaîne. Le Point-Virgule, le Palais des Glaces, l'Olympia, La Cigale. C'est génial. Le Tout-Paris défile, même Grace Jones. Un soir je la rencontre en boîte, je lui balance une blague.

« *Ha ha ha ! Vous êtes très rigolo ! Vous faites quoi ?*

— *Je joue au Palais des Glaces.*

— *Je viens vous voir demain.* »

Mais bien sûr... Le lendemain, je me dis qu'elle ne viendra jamais et après le premier sketch, on me dit qu'il y a Grace Jones dans la salle. Elle est venue habillée en Grace Jones. Elle vient me voir à la fin du spectacle : « *Je n'ai pas tout compris mais j'ai beaucoup rigolé.* » Dans un genre relativement différent, les francs-maçons me contactent pour que j'entre chez eux. Ma mère m'explique que c'est important mais je ne donne pas suite.

Je n'ai que ça à faire : jouer. Être sur scène. Faire la fête. Ma mère s'occupe des papiers, j'ai un producteur, tout le monde est là pour m'assister. C'est le bonheur. Jusqu'au moment où tout s'enraye brutalement. Jusqu'à cette fameuse interpellation pour consommation de drogues en 1992.

Il est 7 heures du matin. On frappe à la porte de l'appartement que j'habite avec un ami (hétéro), rue Degas, dans le 16e arrondissement de Paris. Quelques jours plus tôt, j'apprends que le dealer qui me fournit en coke est tombé entre les mains de la police. Des amis me disent de faire un peu attention. Ça ne m'inquiète pas une seule seconde. Tous les gens que je fréquente prennent de la coke, je ne vois pas où est le problème. Il suffit d'être discret, d'aller aux chiottes et voilà.

Donc on frappe. Je glisse un œil dans le judas. Quatre ou cinq flics sur le palier, sur *mon* palier.

« *Oui, c'est quoi ?*

— *Police judiciaire !* »

Moi, dans ma tête, je me dis : « Ouf, ce n'est pas les stups ! Ça doit être pour les impôts. » Tout va bien de ce côté-là, je suis en règle. J'ouvre. Ils entrent comme dans un film. Ils sont cinq ; deux m'encadrent, les trois autres commencent à fouiller l'appartement.

« *C'est pour quoi ?* »

Ils doivent me prendre pour un con.

« *Drogue, monsieur. Nous procédons à une fouille de votre appartement.* »

Je flippe. Ils restent polis et inoffensifs. Mais, ça reste tout de même une descente de flics et ce n'est pas agréable.

Ce qui va suivre, les interrogatoires et le procès, c'est mille fois pire.

L'un des policiers appelle son chef.

« *On a trouvé quelque chose !* »

C'est évidemment de la coke. Dans le tiroir de la table de nuit. Pas la peine de le cacher.

« *Vous allez devoir nous suivre au commissariat.*

— *Est-ce que je peux prendre une douche ?*

— *Non, on est obligés de vous tenir à l'œil pour voir si vous ne balancez pas des trucs.* »

Pendant le trajet en voiture, je ne dis pas un mot. D'ailleurs, personne ne parle. J'ai la trouille. Tout se mélange dans ma tête. Je décide de faire comme à l'école : tout dire. « *Oui, c'est moi qui ai fait le mur.* » Les policiers vont certainement me trouver touchant d'être si franc et ce cauchemar va se terminer rapidement.

Me voilà en garde à vue au commissariat du 16e arrondissement. Les locaux sont gris et froids. Un policier pianote sur son ordinateur, prêt à prendre ma déposition. Il ne manque que la lampe de bureau pour aveugler l'accusé et Jean Richard en commissaire Maigret venu avec de la bière et des sandwichs. J'essaie d'être décontracté mais je n'en mène pas large.

J'avoue tout. Notamment ma consommation, substantielle… J'en suis à 5 g par semaine. 20 g par mois… Même si je ne balance pas, bien sûr, les gens avec qui je me prends des rails tous les jours de la semaine, depuis presque quatre ans.

Je ne cache rien, m'imaginant que je vais sortir très vite et sans problème.

« *Voilà, monsieur Palmade. Vous relisez votre déposition, vous signez et vous pourrez partir.* »

Je lis, je signe, je suis libre.

« *En fait non, vous n'êtes pas tout à fait libre. Vous allez être convoqué par un juge d'instruction.* »

Ma vie s'écroule une seconde fois.

Il est midi. Je sors du commissariat. Temps maussade.

Quelques jours plus tard, je me retrouve assis dans le bureau d'une juge d'instruction, Mme Foulon, au palais de justice. Des dossiers partout, dans une pièce exiguë. Une atmosphère très froide. Un greffier qui prend note. Mon avocat à mes côtés. J'ai encore l'impression d'être dans un film. C'est très particulier de se croire dans un film alors que la réalité ne cesse de venir frapper aux fenêtres. À commencer par ce que me dit la juge, qui me donne logiquement du « monsieur Palmade », quand j'aimerais qu'elle me trouve un nom de fiction.

Elle fait son boulot et applique la loi. C'était bien avant que Johnny avoue dans la presse, en 1995, avoir pris de la coke. Après ses déclarations, les peines des consommateurs de coke s'allégeront pas mal. Mais à ce moment-là, ceux qui sniffent, c'est Béatrice Dalle, Guillaume Depardieu et moi, alors…

Dans le bureau de la juge, je suis catastrophé. Plus encore qu'au commissariat, parce que je finis par me rendre compte que tout est vrai et que ça prend des proportions énormes. Me voilà inculpé dans une affaire de trafic de drogue.

On disait « inculpé » encore à l'époque, pas encore « mis en examen ».

La presse à scandale s'en donne immédiatement à cœur joie. Je fais la une de *Voici* : sur la couverture, l'affiche de mon spectacle barrée d'un large bandeau rouge : DROGUE. Tous les journaux télévisés parlent de moi et passent des extraits de mon sketch, *Le Joint*. *« Et maintenant, on ne rigole plus. »* On ne se rend pas compte de la violence de l'événement. C'était *« à mort l'Autrichienne ! »*. Il n'y a que Françoise Sagan, inculpée aussi dans cette affaire, qui sait encaisser les coups et garder son sens de la repartie. Elle se fout de tout. Je ne suis pas Sagan. Ni Béatrice Dalle qui fait un bras d'honneur à tout ça. Je suis un jeune homme de bonne famille qui n'a pas eu une heure de colle de toute sa scolarité.

Je sors du bureau de la juge sous contrôle judiciaire : je dois aller pisser tous les quinze jours dans un labo judiciaire. Et je suis très emmerdé parce que je ne peux plus prendre de coke. En plus, on m'explique que de nouvelles techniques permettent de repérer des traces de drogue dans un seul cheveu. Donc, je suis pieds et poings liés. Mais comment je vais faire pour retrouver de la coke ? Parce que le soir, j'en ai besoin. Pour m'amuser. Pour vivre.

J'arrête quasiment tout le temps de l'instruction. Heureusement, le contrôle judiciaire n'a duré que quelques mois.

Je veux mourir. Je ne comprends pas. Je suis honnête avec les flics, avec la juge, en leur disant que je consomme de la drogue, mais rien n'y fait alors qu'à l'école, quand je disais la vérité au proviseur, il me pardonnait. Je ne comprends pas que mon honnêteté ne soit pas payante. Je suis déboussolé. J'étais une petite coqueluche parisienne, me voilà à deux pas d'un procès. C'est la première grosse embûche. Je la vis comme un drame personnel, mais ça ne change pas la fréquentation des salles. Une fois, j'ai tout de même reçu une lettre assez terrible d'une jeune fille : « *Bonjour, j'ai 12 ans, j'adorerais venir voir votre spectacle mais mes parents me disent qu'il ne faut pas donner de l'argent à la drogue.* » OK. Prends ça. Ça m'a un peu endurci. Mais pas tant que ça.

Rien ne m'a jamais véritablement endurci, en fait. Je crois que j'ai toujours été profondément fragile et que je le resterai. Tant pis ou tant mieux.

Je suis inculpé en décembre 1992. Le procès se fera en février 1995.

Mais revenons à l'artistique, car ça m'éprouve vraiment de raconter cette affaire.

Un peu avant cette histoire, je fais une rencontre importante : François Rollin. Je n'en parle jamais assez. C'est lui qui va me pousser vers l'absurde. J'écris de nombreux sketches avec lui : *Le Film porno, Les Moutons...* Charles Trenet me dira : « *J'adore votre sketch* Les Moutons, *j'en aurais bien fait une chanson.* » Je suis très fier. J'avais vu des moutons dans un pré et je m'étais demandé ce qui se passerait si personne ne les tondait. François et moi sommes partis dans un délire absurde. Peut-être l'humour d'observation ne me suffisait-il plus. Je suis obsédé par le fait de surprendre. Tout le temps. Quand je sens que je deviens prévisible, il faut que je change. François m'apporte cette nouveauté que je cherche. L'absurde.

Écrire avec les autres ressemble à une rencontre amoureuse. Il faut généralement qu'il y ait un leader et un premier-lieutenant. S'il y a un compromis entre deux idées, ça ne marche pas. Mais si chacun se comprend à demi-mot, ça fait des mots entiers. Ça m'est arrivé avec Gabriel Aghion pour les dialogues de *Pédale douce.* Avec Muriel Robin. Avec Christophe Duthuron pour *Pierre et fils* (que j'ai joué avec Pierre Richard) et *Fugueuses* (que Muriel a joué avec Line Renaud). Et avec François Rollin. Ça me rassure d'inspirer quelqu'un d'aussi intelligent. François joue le leader parce qu'il possède une grande force de proposition. Ça me change.

J'ai mis longtemps à me considérer comme un auteur.

Un auteur, pour moi c'est quelqu'un de cultivé, qui a lu et qui lit, qui prend du temps pour écrire, qui se met à table à 8 heures le matin jusqu'à 14 heures, tous les jours. Moi j'écris parce que j'ai besoin d'un sketch ou que je l'ai promis à quelqu'un ou parce que j'ai signé dans un théâtre… Je dois écrire. Je ne suis pas un littéraire, j'étais un matheux, bac C, maths-physique.

Sincèrement, je ne me suis pas senti auteur pendant des années. J'ai le sens du dialogue, d'accord. En philo, au lycée, j'avais toujours des mauvaises notes. Je voulais philosopher alors qu'il fallait d'abord apprendre ce que les philosophes ont dit. Ça m'emmerdait. Je philosophais, donc, mais il n'y avait aucune référence. Et un jour, le prof a fait un cours sur « Le dialogue ». Comme devoir, j'ai imaginé une conversation entre deux personnes dans un train qui ne connaissent pas la philo. Le prof m'a dit : « *C'était ou 2 ou 18. J'ai mis 18. Mais j'ai hésité.* »

Je suis un humoriste qui se fabrique sa propre nourriture.

À 20 ans, je ne me rends pas encore compte que je peux comprendre le comportement des gens en les ayant à peine approchés. Je pourrais être médium je crois. Une seconde carrière que j'envisage.

Maintenant, je me sens mieux parce que j'assume de ne pas être normal. J'ai peut-être souffert d'essayer d'être dans la norme.

Les gens qui m'aiment bien dans ce métier sont toujours des gens singuliers. Rollin, Robin, la petite Mireille… Quand Charles Trenet vient vous voir, quand Deneuve vient vous voir trois fois, quand Vincent Lindon hurle de rire, quand Maillan vous aime, quand Sylvie Joly vous aime, ce n'est pas très grave si les journalistes passent à côté de vous. Ils ne disent même pas de mal ; ils ne disent rien. Le public, lui, c'est un bon copain, parce qu'il me rassure. Les chiffres parlent d'eux-mêmes : je joue en solo dans des salles pleines de 1 000 ou 1 500 places, je fais des tournées de 60 dates. À 22 ans, je remplis l'Olympia pendant quinze jours.

Je ne sais pas s'il y a une relation de cause à effet mais au printemps 1993, à peine sorti du bureau de la juge, j'entre dans ma période « j'en ai marre d'être tout seul ». Je dois avoir besoin d'être entouré, éventuellement protégé. En 1995, après *Mon spectacle s'appelle reviens* au Gymnase, j'arrêterai même le one-man-show. J'ai tout dit. Je ne me surprends plus.

Ça ne me fout pas la trouille, mais ça commence à ronronner. Les nouveaux humoristes arrivent. J'aime la compétition mais je préfère quand il n'y a pas beaucoup d'autres athlètes. Je ne suis pas inquiet, je commence juste à me demander dans quelle autre catégorie je peux briller. Pour l'heure, j'ai encore plein de sollicitations pour écrire. Le fait que je travaille pour Jacqueline Maillan a excité beaucoup de comédiens et de comédiennes. Je ne savais pas qu'on avait envie de jouer avec moi, parce que je ne me prenais pas pour un acteur, mais Dominique Lavanant en a envie. Elle veut que je lui écrive une pièce : ce sera *Ma sœur est un chic type*, l'histoire d'un homme qui va rencontrer le frère qu'il n'a jamais connu et qui se rend compte que ce frère est une sœur.

Ça s'est très mal passé avec Dominique. Voilà une comédienne toute gentille et fan de moi qui me demande un texte… J'ai ensuite devant moi une femme qui corrige la pièce sans me le dire. D'ailleurs, elle la cosigne après l'avoir un peu remodelée. Sur scène, c'est une actrice qui prend les commandes de tout, sans que j'aie mon mot à dire. Bon, c'est vrai, je ne suis pas facile parce que je fais la fête. Les lendemains de cuites, Dominique a en face d'elle un type à l'œil vitreux. Le public ne le voit pas parce que je gère mais les samedis, quand je n'ai pas dormi et qu'il faut jouer deux fois, c'est difficile. Dominique se répand dans tout Paris pour se plaindre de mon état. Mais la pièce est un succès. Pourtant, elle n'est pas très bien écrite. J'en reprendrai le début vingt ans plus tard, mieux tricoté, pour *Paprika*, que Victoria Abril jouera en 2018. Dominique n'est pas gentille avec moi sur scène. On s'est fâchés. Jouer avec quelqu'un avec qui on est fâché, c'est horrible. Plus jamais ça. Quand je fais rire la salle, je l'entends murmurer entre ses dents : *« Eh ben dis donc. »*

Je le vis très mal mais j'imagine qu'elle aussi, vu l'état dans lequel je suis parfois. Elle est, en plus, très agacée que je parvienne à le dissimuler au public. En fait, elle est en colère là où, plus tard, quand nous jouerons *Ils s'aiment*, Michèle Laroque sera triste. Michèle, j'ai conscience de la rendre triste. Elle me protège et dit au métier : *« C'est un rêve de travailler avec Pierre. »* Elle me sauve de la mauvaise réputation qu'a voulu me tailler Dominique Lavanant qui jure de se venger de tous « les sales coups » que je lui fais, alors que je suis à la dérive. Pendant une représentation de *Ils s'aiment*, je verrai une larme couler sur la joue de Michèle.

Elle m'aime vraiment comme une sœur. Je suis content de guérir aussi pour elle parce que ça lui tarde que je m'échappe de tous ces démons qui m'assaillent. Elle a toujours espéré, rêvé, prié, que j'aille bien. Tout le monde n'est pas comme elle.

J'ai des facilités artistiques mais je ne me prends pas pour autant pour un artiste. C'est compliqué quand on a été programmé pour faire des grandes études commerciales. Je ne me sens pas imposteur non plus, je me dis juste que j'ai du culot, que je suis un dandy, même si, à l'époque, je n'aurais pas pu me définir ainsi. Je suis quelqu'un qui sait admirer les talents des autres. Je sais nourrir le talent de Muriel Robin, avoir des idées pour Jacqueline Maillan, pour Sylvie Joly. J'entends souvent : *« Vous êtes conscient que ça peut s'arrêter du jour au lendemain ? »* Pas pour moi. Non, ça ne s'arrêtera jamais.

Plus je serai sincère et transparent, moins mon public sera nombreux : j'en suis conscient. Je n'aurai plus jamais le consensus que j'ai connu avec Michèle Laroque dans *Ils s'aiment* mais je ne vois pas comment je pourrais perdre totalement le public. Ou alors je ne comprends plus rien à la vie.

Très longtemps je me suis dit : « Oh là là ! toutes ces idées que j'ai données à Muriel… » Mais il n'y a qu'elle qui pouvait les rendre aussi sublimes que ça. Entre nous, il y a eu longtemps un rapport très passionnel, conflictuel, parce qu'on a chacun changé la vie de l'autre. Je ne dois rien à personne sauf à Muriel. Pareil pour elle. Comme si nous avions une dette à vie. Elle me fait gagner beaucoup d'argent. Et réciproquement. Nous sommes deux associés, nous sommes un couple. Mais peu de gens savent que *Ils s'aiment* est coécrit avec Muriel. Et je souffre que peu de gens savent que les sketches de Muriel sont coécrits par moi. J'ai été plus qu'un co-auteur pour Muriel car j'ai posé un regard très amoureux sur elle, qui l'a rendue moins atypique. Elle peut être madame Tout-le-monde, une bourgeoise, une mère de famille, la patronne d'un salon de coiffure, parce que je la regarde comme une femme dont l'androgynie ne me dérange absolument pas. Les femmes drôles, je les trouve très séduisantes. Les femmes souffrent du fait que si elles font rire elles n'attirent pas les mecs. Alors que nous les mecs : on fait rire, on baise.

C'est scandaleux mais c'est ainsi. L'humour est un truc de garçon. Une femme drôle, c'est très suspect, ça pique une couille à un mec. Les filles ont le droit d'être belles, intelligentes, là ça passe, mais drôles c'est comme si elles jouaient avec une arme à feu.

Avril 1995. Le procès. Très douloureux à raconter. Il est commun de dire qu'un tribunal, c'est comme le théâtre de la vie. C'est totalement idiot de dire ça. Et ceux qui le disent ne se sont jamais retrouvés face à un juge. Parce que là, on a beau essayer de se cacher, de se pincer, c'est la réalité. Point. Et peut-être la prison au bout du chemin.

*« Monsieur Palmade, veuillez vous lever s'il vous plaît. »*

C'est mon tour. Dans un box, sur le côté, j'aperçois des gens qui me sourient. J'imagine que ce sont ceux qui vont me juger. Comme dans Lucky Luke.

Je me dis : « C'est bon, j'ai l'impression que les juges m'aiment bien, je ne devrais pas en prendre pour lourd. » En fait, ces gens qui me sourient sont les journalistes ! *Le Parisien, Le Figaro, Libération*... Je confonds correctionnelle et pénal. Ils prennent des notes. Je serai dans les quotidiens le lendemain.

Je suis debout et j'attends les questions du juge.

*« Monsieur Palmade, pouvez-vous expliquer le besoin que vous avez de prendre de la cocaïne ? »*

Subitement, il y a en moi comme une décharge d'adrénaline. Je dois me défendre et bizarrement, je suis assez grisé par le challenge. Comme pour le grand oral de HEC. L'affaire est entendue, je suis coupable parce que je consomme mais il me reste la parole et une chance de tout expliquer.

*« ... La coke est un amplificateur. C'est la seule drogue horizontale. Toutes les autres drogues sont verticales et changent votre comportement très visiblement comme l'alcool, le joint, l'héroïne, mais pas la coke. Elle m'aidait à m'amuser, à me sentir mieux dans ma peau. Et puis tout le monde en prenait autour de moi. J'ai cru que ça faisait partie de la panoplie de l'artiste... Je n'ai fait de mal à personne, Madame la juge. »*

Dois-je avouer que j'ai adoré l'exercice ? Ce ne fut pas le cas de tout le monde apparemment.

Le procureur se lève dans un grand silence et commence son réquisitoire. La loi, le mal, la justice... Je ne me souviens plus des mots exacts ; je l'écoute à peine. Je comprends rapidement qu'il ne me fera pas de cadeau. Je prends surtout ses derniers mots comme une claque.

« *Et pour toutes ces raisons, je demande 10 000 francs d'amende et 4 mois de prison avec sursis.* »

Pardon ? De la prison avec sursis pour consommation de cocaïne ?

J'envisage immédiatement le suicide. Livide, je me tourne vers mon avocat.

« *Ce n'est pas possible, je ne...* »

Je m'effondre. Mon avocat se lève. J'entends sa plaidoirie dans un état second. Il plaide la jeunesse, la fragilité... Je ne sais plus.

Il se passe huit jours entre le procès et le verdict. Un trou noir de huit jours. Huit jours pendant lesquels j'ai sérieusement envisagé de mourir si on me parlait de prison. Même avec sursis.

Le verdict tombe : condamné à 10 000 francs d'amende. Pas de prison. Ni ferme ni sursis.

C'est un soulagement, évidemment, mais la honte demeure.

Line Renaud m'avait laissé un message formidable sur mon répondeur : « *Allô Pierre, c'est Line, nous ne nous connaissons pas beaucoup mais je crois savoir que vous avez des problèmes... Travaillez ! Travaillez, la mémoire du lecteur c'est quinze jours !* »

Effectivement ce procès et cette histoire, tout le monde les a oubliés mais ça reste un énorme traumatisme.

Mais tout ça va dans le sens de la transparence et tout le monde commence à tout savoir sur moi. Mais la coke c'est compliqué à aborder en interview. Tout simplement parce que c'est illégal. Vous pouvez parler de vos problèmes avec l'alcool, mais avec la drogue c'est délicat.

Et si je le fais enfin dans ce livre, c'est pour montrer aussi comment ce poison a gâché une grande partie de ma vie.

Je me suis souvent posé la question : « Mais pourquoi je dis tout aux journalistes ? Pourquoi je m'épanche ainsi ? » Même un chauffeur de taxi me l'a fait remarquer un jour : « *Mais pourquoi vous racontez tout ça ? On ne veut pas en savoir autant.* » D'après le psy, c'est parce que je confonds le public avec ma mère.

Comme j'ai toujours tout dit à ma mère (mais TOUT !), je dis tout au public.

Je m'apprête alors à remonter sur scène dans un one-man-show, *Mon spectacle s'appelle reviens*. Cela fait trois ans que je ne me suis pas retrouvé tout seul devant un public. Dans ce métier, il y a toujours un classement. J'ai quitté mes copains de *La Classe* et j'appartiens désormais à une cour un peu hybride dans laquelle je suis trop jeune pour être le meilleur. Il faut du temps. C'est long d'être reconnu à sa juste valeur.

Ma statue, je vais l'avoir bientôt, en 2025 peut-être. Un peu comme Jean Poiret : il a toujours été là et, un jour, on remarque à quel point il a été important pour le théâtre. En tout cas, je n'ai jamais voulu être à la mode. Un mec m'a dit, récemment : *« Je vous ai vu quand vous étiez jeune, eh bien même là vous n'étiez déjà pas très moderne. »* J'ai toujours eu conscience que pour durer il fallait rester désuet. Je connais un paquet d'humoristes qui ne sont plus là et qui me regardaient en disant que j'étais « l'humoriste VHS ».

Qui dit à la mode dit démodé. Alors que si on est célèbre en étant déjà démodé, il y a de grandes chances qu'on reste célèbre. De toute façon, la mode c'est horrible. La mode, c'est la perte de la singularité. Moi, je me sens très bien dans ce classicisme. Le Luron, aujourd'hui, on ne sait plus de qui il parle. Jacques Chaban-Delmas ? C'est qui ? Ce qui arrive aussi à Guy Bedos. Sa revue de presse de 1990, on s'en fout. Ce dont on se souvient, c'est le Guy Bedos qui joue *La Drague* de Jean-Loup Dabadie. C'est intemporel. Une blague sur DSK, dans dix ans, on dira *« DS qui ? »*. Alors que certains ont bâti des spectacles entiers sur DSK.

Les gars, vous ne durerez jamais aussi longtemps qu'une partie de Scrabble. Bien sûr, les rires vont être trois fois plus forts, le buzz va être trois fois plus important si vous parlez de l'actualité. Mais le danger, c'est que dans deux cents ans, personne n'y comprendra rien. Il y en a certains à qui ça importe peu. Pas à moi. À l'époque de Molière, il devait y avoir des gars dix fois plus célèbres que lui parce qu'ils faisaient des petites piques sur le duc Machin ou le prince Bidule. Mais c'est Molière qui reste.

Qu'on se souvienne de moi dans deux cents ans, ça m'importe. C'est pour ça que je suis fan de Molière, de Wilde, Guitry. Mon ambition est qu'on me redécouvre grâce au carbone 14 dans deux siècles. J'adore l'idée que je puisse encore faire rire le public de la rentrée théâtrale de 2219.

# 6

En théorie, le César du meilleur acteur, je m'en fous complètement. En théorie et en pratique d'ailleurs. Sinon, j'aurais pris des cours. Dieu sait que j'adore les prix et les bonnes notes mais celui du meilleur acteur, je n'y pense pas.

Je suis Pierre Palmade sur scène et personne ne peut l'être mieux que moi. Mon talent, c'est tout simplement mon plaisir de jouer.

Si quelqu'un me dit que je suis mauvais acteur, je réponds « personnalité ». Louis Jouvet aussi est discutable comme comédien, mais il a un truc. Je préfère une carrière à la Peter Falk, jouer Columbo toute sa vie, ou comme celle de Pierre Richard, jouer un distrait maladroit et lunaire, plutôt que d'être un pompier alcoolique un jour, un prof à la Sorbonne le lendemain, un transsexuel ou un autiste la semaine suivante. Je ne suis pas Dustin Hoffman.

Mes échecs au cinéma ne m'attristent pas du tout. Je n'ai jamais insisté pour faire carrière sur grand écran. Moi, je prends mon pied quand j'imagine *Le Grand Restaurant* pour la télévision, une émission à sketches que j'avais écrite pour France 2 en 2010, et dans laquelle je dirige Gérard Depardieu, Jean Rochefort, Claude Brasseur… et plus de 50 autres vraies stars de cinéma !

Ça, c'était la classe ! Mille fois, j'ai remercié Nathalie Baye d'être là.

*« Mais Pierre, arrêtez de dire merci. Vous savez, on ne fait pas ça pour vous faire plaisir. On vous dit oui parce que vous nous donnez un bon texte, c'est très valorisant. »*

Je rêve d'écrire pour Daniel Auteuil ; j'aurais voulu écrire pour Jacques Villeret, le si drôle Jacques Villeret. Par contre je n'ai pas l'écriture cinématographique. J'essaye d'écrire des séries mais, à chaque fois, on me dit que ça fait trop théâtre. Il faut que je trouve un truc qui corresponde à mon empressement, lequel se transforme trop souvent en impatience. Le cinéma, c'est trop lent. Il faut deux ans pour écrire un scénario, deux mois pour le tourner, quatre mois pour monter le film. Entre-temps, j'ai perdu mon enthousiasme.

Oui, Depardieu, Baye, Auteuil, Bouquet… Tous ces gens me fascinent.

Gamin, j'étais fasciné par Johnny Weissmuller, le Tarzan du cinéma, et je crois qu'il a incarné mon premier émoi érotique. Il est à poil tout le temps. Une merveille ! J'ai aimé Robert Conrad, le héros des *Mystères de l'Ouest*, c'est le James Dean de la télé. Et, bien sûr, Jaclyn Smith, l'une des trois héroïnes de *Drôles de dames*. Tous les gays de ma génération adorent Jaclyn Smith. J'étais aussi fasciné par

Claude Brasseur. Je l'ai rencontré en boîte de nuit, il aimait faire la fête. Il me racontait son père, sa carrière…

Un soir, je rencontre Annie Girardot à un dîner et, au moment de partir, je l'invite à boire un dernier verre chez moi. En tout bien tout honneur, évidemment. Annie Girardot, pour moi, c'est une reine, Louis de Funès au féminin, une maîtresse femme capable de pleurer, d'émouvoir. Quelqu'un qui tourne avec Luchino Visconti, dans *Rocco et ses frères*, et Claude Zidi, dans *La Zizanie*…

Imaginez mon émotion, je la ressens encore aujourd'hui, de voir Annie Girardot assise en face de moi sur le canapé de mon salon, une bière à la main.

« *Annie, s'il vous plaît, racontez-moi comment s'est passée votre rencontre avec de Funès dans* La Zizanie ? »

Je sais qu'elle a dû raconter tout ça des dizaines de fois mais elle s'exécute avec gentillesse.

« *Oh Louis, il était génial… on s'adorait…* »

Je l'interromps soudainement.

« *Annie, excusez-moi, je vis un truc incroyable, vous êtes en face de moi, vous me racontez un film avec de Funès… Je peux appeler deux ou trois copains pour qu'ils en profitent ?* »

Surprise, elle me sourit.

« *Oui, appelle-les si tu veux.* »

Et je sens chez Annie, ce plaisir, cette envie d'être au centre de la pièce. Au centre de la scène. Au centre de ma soirée.

J'appelle deux ou trois copains que je sais que je vais

impressionner. Ils arrivent en taxi, trente minutes plus tard, on s'installe sur le canapé.

« *C'est bon ? Ils sont tous là ?* » demande-t-elle amusée, flattée et finalement heureuse. « *Alors Louis il était génial… on s'adorait… c'était sa femme qui nous emmerdait… elle était jalouse ! Moi je venais de recevoir un César pour* Docteur Françoise Gailland, *et là j'avais vraiment envie de me marrer !…* »

Et la soirée s'est poursuivie ainsi pendant une heure ou deux.

Je suis totalement midinette. Beaucoup de gens célèbres sont venus me voir en spectacle, mais mon plus gros souvenir, c'est Dorothée ! Un truc d'enfance, évidemment. Dorothée ne sort jamais mais j'ai réussi à lui faire faire le tour des bars et des boîtes de Paris. Putain, j'étais avec Dorothée ! C'était génial.

Il y a eu aussi Évelyne Leclercq, que je connaissais de l'émission de télé *Tournez manège*, avec qui c'est allé un peu plus loin. Elle en pinçait pour moi, on ne s'est pas gênés pour vivre une petite histoire…

Le snobisme voudrait qu'on ricane. C'est pour cette raison que les chroniqueurs de radios qui se moquent en pensant faire de l'humour m'emmerdent un peu.

« *Donc vous êtes ami avec Patrick Juvet et avec Rose Laurens ?*

— *Bah oui mec ! Et alors ? Rose Laurens, c'est une expression drôle ? Je suis aussi copain avec Marlène Jobert. C'est vachement rigolo, non ?* »

J'adore garder une capacité d'émerveillement, j'adore me pincer pour y croire. Je viens d'une époque où les gens connus étaient des extraterrestres. Maintenant, il y a des reportages trash sur les uns ou les autres. Ça fait vraiment débander. On a démythifié le truc. Je reste émerveillé devant une star. Quand je suis au restaurant avec Marlène Jobert ou avec Carole Bouquet, je suis comme un gamin. J'adore aussi la déférence. Quand je vois des petits merdeux de ce métier tout contents de tutoyer Gérard Depardieu et de lui parler comme à un copain, ça m'énerve. C'est tellement plus joli d'être déférent. Ce qui n'empêche pas la complicité. J'ai également de l'admiration pour l'équipe du Splendid. Notamment pour Josiane Balasko, qui a tenu le haut du pavé de l'humour français dans les années 1980. C'est la gardienne du temple. Grâce à elle, on a eu *Nuit d'ivresse* et *Gazon maudit*. J'ai aussi une fascination pour Anémone. J'ai le fantasme de la faire revenir sur scène après ses adieux. Encore et toujours des femmes drôles. Je les épingle dans mon panthéon. Je voudrais être celui qui a travaillé avec le plus de femmes drôles en France.

Pause dans les spectacles entre 1992 et 1995. J'écris pour Maillan, je remplis l'Olympia pendant quinze jours. Des gens du cinéma viennent vers moi : Nina Companeez, Pierre Richard… En voilà un autre pour qui j'ai une profonde admiration. Je joue son fils dans un film qu'il réalise, *On peut toujours rêver*, avec Smaïn. Malheureusement, c'est le début d'une période moins flamboyante pour lui. Ses films ne sont pas aussi bons que les précédents, *Le Distrait* ou *Je suis timide mais je me soigne.* En 1994, je joue dans *Je t'aime quand même* de Nina Companeez. J'y interprète le fils de Roland Giraud qui a abandonné sa famille pendant dix ans. Nina voit en moi un ado attardé, quelqu'un de torturé. Moi, je ne le vois pas, ce mec-là. Je veux être quelqu'un de spirituel, sûr de lui. Nina remarque mes faiblesses mais je ne sais pas les jouer au cinéma. Qu'est-ce que je fais là ?

À cette époque-là, je suis au centre de la tornade. Un personnage double. Deux casquettes, deux costumes pour la même personne, c'est schizophrénique. Aujourd'hui, aucun des deux ne me plaît. Ni le premier de la classe, l'humoriste bourgeois bordelais bien propre sur lui, ni le cancre qui finit tous les after de Paris complètement bourré-drogué accroché au pantalon d'un ou deux jeunes mannequins. Je ne suis ni l'un ni l'autre en réalité. Mais à l'époque, ça marche comme ça et la santé suit. Alors, évidemment, il y a ce coup dur… La descente de flics, l'inculpation. Et un procès à ramifications multiples.

L'été passe et, un soir d'automne, je suis au Banana Café. Je sors d'une passe difficile. Je ne vais pas très bien ; le procès, même si je m'en suis sorti, a laissé plus de traces que je ne le pensais, surtout six mois après. Ce soir-là, j'ai un peu picolé, j'ai pris de la coke mais je suis très lucide sur ce qui m'entoure. Je ne me sens pas à l'aise dans ce milieu gay très extraverti. Plus exactement, je ne me reconnais plus. J'éprouve une grande lassitude. À cette époque, le milieu n'était pas tendre avec moi. On m'avait claqué le beignet suite à ce procès et j'avais peut-être un peu moins le droit de la ramener.

Toujours est-il que je quitte le Banana Café avant minuit et j'appelle Catherine Lara, que je sais insomniaque, et qui habite dans le quartier, à Beaubourg. Elle ne boit pas, ne se drogue pas et joue aux jeux vidéo toute la nuit.

« *Allô Catherine, c'est Pierre, est-ce que je peux passer chez toi ? Ça ne te dérange pas ? Je suis un peu perché mais bon, j'ai envie d'une compagnie agréable.*

— *Non, non, tu ne me déranges pas du tout, viens.* »

Je vais chez Catherine, on parle, on refait la vie. Catherine est une femme très rieuse, passionnée, qui aime la vie. Il doit être 1 heure du matin quand le téléphone sonne. Catherine va répondre, échange deux ou trois mots puis revient vers moi.

« *Pierre, tu ne m'en veux pas mais Véronique vient de sortir d'un concert et passe me voir. Tu sais, on est comme deux sœurs, elle et moi. Ça ne te dérange pas de partir ?* »

Je me lève, je lui prends les mains comme pour l'implorer.

« *Écoute, s'il te plaît, laisse-moi la voir juste cinq minutes. Je l'ai aperçue de temps en temps au Banana Café mais je n'ai jamais osé l'approcher, je voudrais juste lui dire à quel point je l'admire, et puis après je pars, promis, je respecte le contrat.* »

Véronique arrive. Elle avait un petit peu bu mais elle était très lumineuse, blonde, avec des lunettes noires fumées en forme de nuages, très rieuse. Elle me voit, elle me regarde, elle me remarque. Comme si elle était frappée par un coup de foudre. Moi, je suis en admiration totale et absolue. C'est Véronique Sanson. J'admire la femme, belle à mourir, j'admire l'artiste que je connais depuis que j'ai 19 ans.

Cinq ou dix minutes se passent, le temps de reprendre mes esprits.

« *Je vais y aller, Catherine...* »

Catherine s'apprête à me faire la bise, bien contente que je respecte ce qui était prévu, quand Véronique lance :

« *Non, il reste, Pierre, il est rigolo, on va se marrer tous les trois !* »

Je regarde Catherine et esquisse un geste d'impuissance.

« *Qu'est-ce que je fais ?*

— *Véro veut que tu restes, alors si tu veux rester, tu restes.* »

Et donc... Je reste. Évidemment.

Catherine est très vite fatiguée, elle va dormir et nous laisse, Véronique et moi, dans le salon. On boit, on parle, on rit. On s'entend comme deux personnes qui ont un coup de foudre. On se retrouve assis près de la table basse. On reparle, on repicole, encore et encore. Tout à coup, elle se glisse vers moi. Elle m'embrasse. Nous nous embrassons. C'est très agréable. Très excitant. Assez sidérant, également. Véronique Sanson m'embrasse. J'embrasse Véronique Sanson. Je suis intimidé mais j'ai surtout peur de la panne sexuelle, parce que c'est quand même mon problème avec les femmes. Je trouve une diversion...

« *Écoute, Véro, on est bourrés, si jamais on couche ensemble, je voudrais que ce soit à jeun pour être sûr que c'est vrai, parce que c'est trop magnifique, tout ça.* »

Je crois à moitié à ce que je dis, mais ce genre de déclaration me sauve. J'ai un vrai coup de cœur mais je flippe. Véro, elle, n'est pas très contente. Elle n'aime pas qu'on lui résiste.

« *Bon d'accord, Pierre, faisons comme tu dis.* »

Peut-être sent-elle qu'il y a autre chose qu'une histoire d'un soir. Peut-être ne veut-elle pas tout gâcher.

Le hasard faisant souvent bien les choses, il se trouve que le lendemain, nous sommes tous les deux invités à une première d'un spectacle de Dany Boon au Palais des Glaces, *Je vais bien, tout va bien !* Donc on se donne rendez-vous le lendemain. Et à jeun. En attendant, ce soir-là, je sors de l'immeuble de Catherine Lara et je ne touche plus le sol. Je viens juste d'embrasser Véronique Sanson sur la bouche ! Je suis sorti avec Véronique Sanson !... Quand je vais dire ça aux copains ! Il y avait un mélange d'émoi amoureux et de fierté personnelle... De frime.

À l'époque, Dany Boon n'est pas la grande star qu'il est aujourd'hui mais son nom commence à circuler et ses salles se remplissent facilement. Il y a foule, ce soir-là, devant le Palais des Glaces. D'habitude, je me fais discret mais là, je patiente sur le trottoir comme n'importe quel homme qui attend sa compagne. Je n'en mène pas large. J'ai fait en sorte, grâce à l'entremise d'un attaché de presse, que nous soyons placés l'un à côté de l'autre. Véronique arrive en retard ; je ne savais pas que Véronique arrivait toujours en retard. Elle porte une veste à franges et des lunettes noires. Elle est belle, séduisante, très classe, très star américaine.

« *Bonjour Véronique.*

— *Bonjour Pierre.* »

On se fait la bise sur la joue, très timides, l'un et l'autre, et on va s'asseoir dans la salle. Je suis tétanisé. « Est-ce qu'elle se souvient d'hier ? » Les gens nous regardent un peu. On ne se dit pas grand-chose, on joue à deux connaissances du milieu, placées par hasard l'une à côté de l'autre. Les bruits s'estompent. Le noir se fait. C'est un peu irréel. Le spectacle de Dany commence et Véro met sa main sur la mienne. Et là, je comprends qu'elle veut qu'on soit ensemble. Et je me dis : « OK, ça y est, je suis avec Véronique Sanson. » Le mariage aura lieu six mois plus tard, en juin 1995, le même jour que celui de Stéphanie de Monaco et de Daniel Ducret à qui on a volé la vedette. Ce qui n'a pas été pour me déplaire.

Pendant ces six mois, entre notre rencontre et notre mariage, nous avons la vie d'un couple de gens connus, somme toute assez normale, il me semble, même si je n'ai pas de points de comparaison : nous sortons très souvent le soir, souvent au Banana Café, et parfois nous passons des soirées tous les deux ou avec des amis chez elle, à Triel-sur-Seine près de Poissy. Il nous arrive aussi de cocooner. On regarde des films de science-fiction. Elle a horreur de ça, mais elle m'aime.

Je continue d'être sidéré par le couple que nous formons ; j'y crois sans y croire. Ou plutôt : je n'en reviens toujours pas de vivre avec Véronique.

Véronique, c'est un univers, une star, une icône. Et pourtant, nous discutons, elle et moi, comme n'importe qui. Il y a un truc, entre nous. On se reconnaît. Une envie de se raconter l'un et l'autre. C'est intime, amical, amoureux, intense, personnel.

Et puis, un soir de printemps, au Banana Café :

*« Et si on se mariait ?*

*— Chiche ! »*

La conversation s'est résumée exactement à ça, sauf que je ne sais plus qui a dit quoi. Vraiment. Mais ça nous est apparu logique, naturel, dans l'ordre des choses. Et nous voilà en train de décider où, quand, et qui. Il n'a jamais été question de se marier en petit comité à trois dans une mairie, apéro, merci, une soupe et au lit. Surtout pas moi, qui suis en pleine période mégalo. Je veux le mariage du siècle. Et je crois que je l'ai eu. C'était quelque chose, ce mariage.

Vendredi 30 juin 1995. Comme dans tous les villages de France, la mairie de Triel-sur-Seine se trouve au centre bien en vue. Lorsque nous arrivons en voiture, Véronique et moi, suivis par une ribambelle d'autres voitures dans lesquelles se trouvent Claude Brasseur, Maurane, Catherine Lara, Muriel et tous les autres, les gens nous acclament comme s'ils voyaient passer le Tour de France. C'est surtout Véronique qu'ils applaudissent.

Pour moi, la mairie, c'est une cérémonie un peu administrative, un peu rigide, qui n'a pas le décorum et le romanesque des célébrations à l'église. Donc j'y arrive tranquille en tenant Véronique par la main. Les copains sont là mais pas tous ; la mairie n'est pas si grande et la fête est prévue après la cérémonie religieuse, à l'abbaye des Vaux-de-Cernay, située à une trentaine de kilomètres de Triel-sur-Seine. C'est une grande abbaye où les plus proches ont leur chambre. Des gardes du corps sont prévus. Pour empêcher les curieux de venir, mais aussi la presse de fouiner.

Véronique et moi ne voulions pas de journalistes. Pas envie de sentir des photographes dans notre dos, même amicaux. Nous voulions nous amuser sans penser à autre chose. Pour être honnête, notre rapport à la presse, à ce moment-là, est très ambigu. Nous voulions que ce mariage soit connu de tous tout en étant discret. Concilier les deux est évidemment compliqué. Nous n'avons donc pas vendu un reportage sur notre mariage pour être tranquilles mais aussi parce que je voulais montrer qu'il n'était pas une opération de marketing pour vedettes. Nous aurions peut-être dû, finalement… *Paris Match* a fait la couverture et a obtenu la photo gratos. On a été très cons, sur ce coup-là.

Je m'avance donc avec Véronique vers le maire, ceint d'une écharpe tricolore, comme il se doit. Tout le monde est ému et conscient de la solennité du moment. Le maire fait son speech, c'est rapide, comme dans un rêve, une autre dimension, il nous déclare mari et femme et là, c'est le moment le plus fort, le plus émouvant de la cérémonie, comme si le reste était passé comme un souffle : j'embrasse Véronique Sanson Palmade. Elle porte mon nom.

Au regard de la société civile, c'est très important pour moi. Je pense à mon père, à ma mère, à leur mariage. Une photo est prise pendant la cérémonie : Véronique me regarde, ma mère me regarde ; elles ont le même profil ! C'est troublant.

Nous partons pour l'église, située pas très loin de la mairie. J'imaginais une scène très cinématographique : nous deux devant le curé, répondant à ses questions, les amis derrière, toutes choses vues mille fois au cinéma. À la mairie, le « oui » est essentiel, indispensable, emblématique, tout ce qu'on veut, et le fait qu'il n'y ait que ce mot, ce petit mot, lui donne une importance considérable et confère à la cérémonie une humeur particulière. J'ai été plus ému que je ne le pensais, alors que je pensais surtout l'être à l'église. Là, devant le curé, j'ai été mal à l'aise.

Lorsqu'il m'a demandé que nous nous jurions fidélité « jusqu'à ce que la mort nous sépare », j'ai juré mais je savais que je mentais et que tôt ou tard, mon homosexualité reviendrait frapper à la porte.

Il y a plusieurs Pierre qui se marient. Le petit Pierre qui ne veut pas être homo, le Pierre qui veut faire comme son père, et puis le Palmade qui veut détourner l'attention de ses soucis. Tout m'arrange dans ce mariage. Je passe des pages faits-divers et drogue à la rubrique du cœur. Mais je sais que je vais faire du mal à Véronique.

Quand les gens me parlent de ma carrière, ils me disent parfois : « *Donc il y a eu Michèle Laroque, Muriel Robin, Véronique Sanson...* » Je les reprends immédiatement.

« *Euh non, Véronique Sanson ce n'était pas un spectacle !*

— *Oui, oui, enfin bon...* » Ils se dépatouillent comme ils peuvent.

Un jour il y a même eu un quiproquo horrible avec un chauffeur de taxi. Il me dit :

« *Votre mariage, qu'est-ce que j'ai rigolé !*

— *Pardon ?*

— *Oui, et* Le Divorce, *ça aussi ça m'a fait rire !* »

Il parlait de mes spectacles avec Michèle Laroque mais avant qu'il puisse me l'expliquer, je l'ai pourri, pensant qu'il parlait de Véro et moi ! Le pauvre...

Après la cérémonie à l'église, place à la fête. Deux cents invités sont prévus. Ils sont en fait trois cents. Tout le monde veut en être. Mais une bonne moitié ricane. Je suis un homosexuel bien connu du Tout-Paris et beaucoup font des paris sur la durée de ce mariage.

« *Oh ! et puis même si ça tient quinze jours, c'est sympa d'être là.* »

J'ai entendu cette phrase de la bouche d'un invité que je n'ai plus vu depuis. Le mariage a tenu plus de quinze jours, n'en déplaise à certains, et c'est vrai que la fête a été à la hauteur.

Maurane, Catherine Lara et Alice Dona montent sur scène, accompagnées d'un excellent orchestre. Ça chante de tous les côtés, évidemment. Pendant la soirée, je ne vois pas beaucoup Véronique. Je suis avec mes copains. Je prends de la coke.

« *Va retrouver ta femme, Pierre ! Va retrouver ta femme ! Laisse-nous, on peut s'amuser sans toi !* »

Claude Brasseur n'arrête pas de me le répéter. Mais non, je préfère être avec lui. Je retrouve Véro très tard, au petit matin, dans la chambre. Nous n'avons pas vraiment eu une nuit de noces.

Cette relation n'est pas un mensonge mais je sais qu'elle est éphémère. C'est allé trop loin. J'aurais préféré que nous restions des amants célèbres. D'ailleurs, le bateau a pris l'eau à partir du mariage. Un jour, je demande à Véro d'arrêter de me faire des reproches ; elle trouve que je sors trop souvent sans elle.

« *Je te rappelle que je suis ta femme, maintenant.* »

Cette phrase résonne encore dans ma tête. J'ai regardé mon alliance et j'ai eu l'impression qu'un barreau de prison était entouré à mon doigt. Voilà.

Véro souffre vite de mon côté bringueur. Elle a 46 ans et aller dans les boîtes de nuit homos… Je la comprends. Au début, elle vient avec moi par amour. Et puis petit à petit, elle se lasse, parce qu'elle ne s'amuse pas. Elle est jalouse de mes ex et préfère que nous restions à la maison. Elle me veut pour elle toute seule. J'ai l'impression d'être en cage, d'étouffer. C'est vrai, je ne suis pas un bon mari. Je ne la désire pas comme un hétéro doit désirer une femme. La tension entre nous devient quasi quotidienne.

Je la trompe beaucoup après le mariage. Je suis même pris en flagrant délit. Un jour, elle me découvre dans la chambre de l'appartement que nous habitons à Paris en train de coucher avec un garçon… Quelle honte !

Pendant plusieurs mois, j'espère que Véronique va me « guérir » de l'homosexualité. Vraiment. J'en suis là quand même. Je suis naïf. Très naïf. Je me dis qu'à l'avenir, je regarderai encore peut-être les garçons mais que… Véro est suffisamment envoûtante, séduisante, présente, pour que l'idée de regarder les garçons ne prenne qu'une petite place dans ma vie. Comme à l'école, où je tombais discrètement amoureux d'un copain alors qu'officiellement, j'étais avec la plus belle fille du lycée.

Mais je suis en pleine détresse. Personne ne m'aide. Personne ne me dit : « *Pierre, ce n'est pas grave d'être homo.* » Pourtant, il fallait aborder le chemin qui allait amener à cette reconnaissance. Pas facile. Mais je l'ai fait. Finalement, aussi étrange et aussi paradoxal que cela puisse paraître, je fais partie de l'histoire de l'évolution de l'homosexualité. Je suis né à l'époque de *La Cage aux folles*, j'ai écrit – avec d'autres – *Pédale douce.* Je suis passé de la honte à la loi sur le mariage gay.

Avec mon père...

Mon père et ma mère,
Jacques et Réanne.

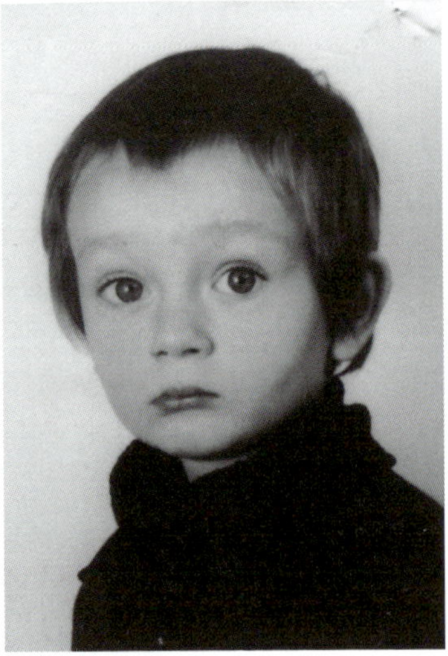



C'est moi !

Avec mon papa qui m'aime…

Je dois avoir 16 ans là...

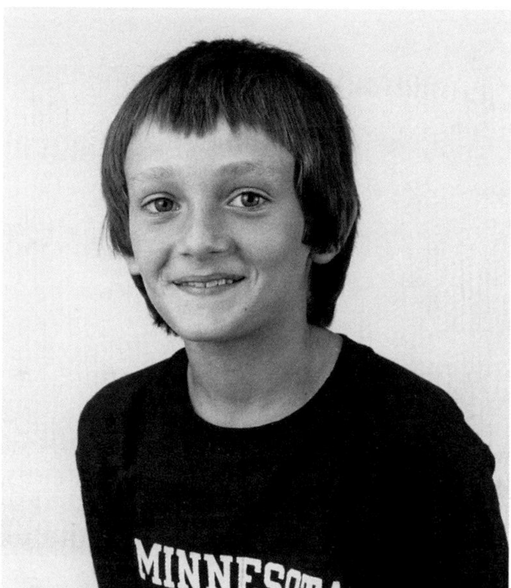




Et là, 11 ou 12 ans...

Avec ma mère et mes sœurs, Claire et Hélène.

Complices et amis, depuis 30 ans. Ma Mumu Robin.

©Bestimage

Mon idole, Jacqueline Maillan !

©D.R.

Ma prof, mon mentor : Sylvie Joly.

Entre Michèle Laroque et le si drôle Jacques Villeret.

Avec Guy Bedos.

Avec Dominique Lavanant.

©Bestimage

Sœur à la ville, femme à la scène : Michèle Laroque.

©Julien Vallon/Bestimage

Oui j'ai de la chance !

Le jour de mon mariage avec Véro.

©Tony Frank/Getty Images

©Cyril Moreau/Bestimage

Avec ma Véro.

©Gérard Schachmes/Regards

Le temps d'un one-woman-show avec Mimie Mathy !

©Dominique Charriau/Getty Images

Deux grandes amies : Diane Kurys et Sylvie Testud.

©Joker/Bestimage

Avec mon Claude Brasseur et son fils Alexandre...

©Bertrand Rindoff Petroff/Bestimage

Avec l'incroyable Jean-Claude Brialy.

©Bertrand Rindoff Petroff/Bestimage

Grande admiration pour Valérie Lemercier.

©Rachid Bellak/Bestimage

Mon vieux copain Jean-Marie Bigard.

©Rachid Bellak/Bestimage

Mais que j'ai pu rire avec Gérard Darmon !

©Joker/Bestimage

Régine me remet la médaille de la ville. Fier !

La si belle et si drôle Line Renaud.

Avec Marie-Anne Chazel.

Ma Carole Bouquet.

Trop cool Johnny !

©Bertrand Rindoff Petroff/Bestimage

Je l'adore Isabelle Mergault !

©Olivier Borde/Bestimage

Secrètement amoureux d'Édouard Baer.

Mon idole de jeunesse, Pierre Richard.

Intimité, entre Alain Delon et Mireille Darc.

©Bertrand Rindoff Petroff/Bestimage

Admiration totale pour Jean-Loup Dabadie !

©Bowen/Bestimage

Mon très grand copain Patrick Juvet.

Avec Florence Foresti.

Avec Sylvie Joly.

©Bestimage

Ma Maillan.

©Dominique Jacovides-Romuald Meigneux/Bestimage

Drôle, belle, rock and roll : Carole Bouquet.

Mon premier producteur : Guy Lux !

Les 60 ans de Jean-Claude Brialy !

Un été avec Jeanne Moreau.

©Bestimage

Je ris avec Jamel...

©Rindoff-Guirec/Bestimage

Je ris avec Dany Boon...

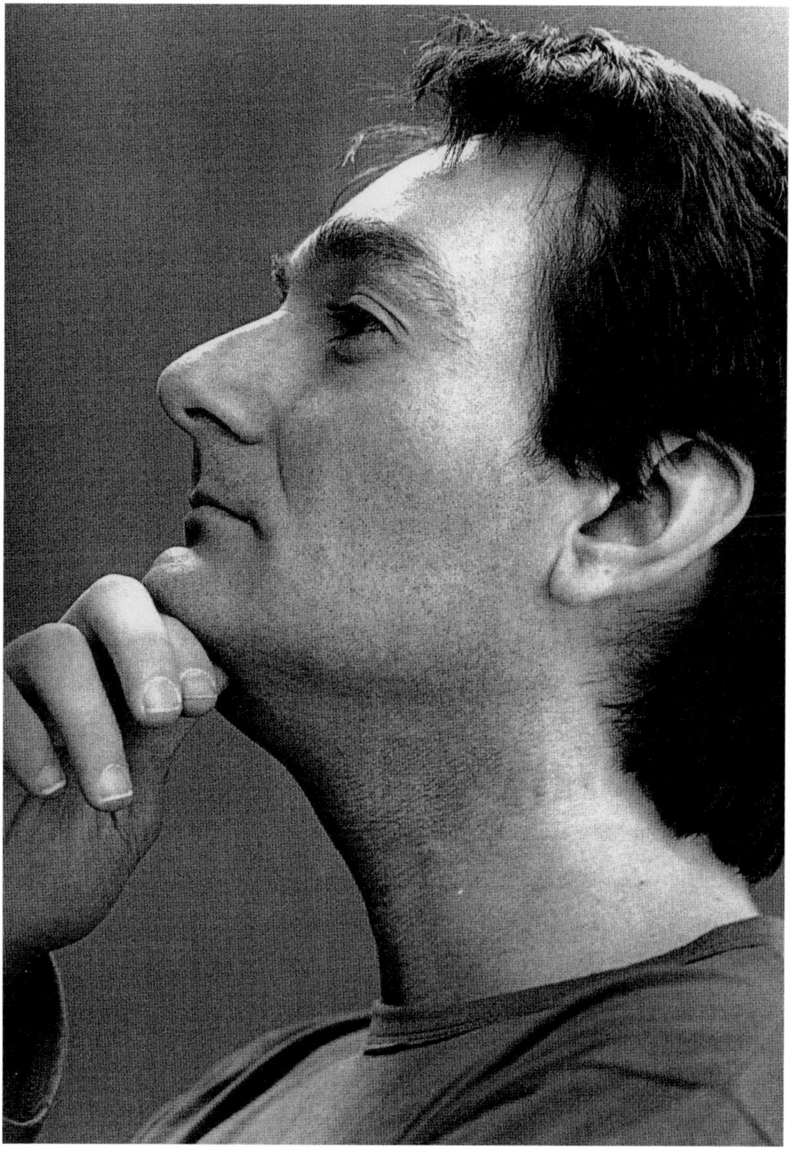



Profil.

Dans le sketch « les clefs ».

©D.R.

Dans le sketch « Le film porno ».

©Serge Benhamou/Getty Images

Au théâtre. Dans la pièce de Laurent Ruquier.

©Eddy Briere

Aujourd'hui, détendu.

©Bertrand Rindoff Petroff/Bestimage

Une brochette d'amis pour mon prix Raymond Devos.

©Bestimage

Avec ma troupe ! Mes amis !

©Bertrand Rindoff Petroff/Bestimage

Ils sont devenus célèbres aujourd'hui !

Hommage télé à Sylvie Joly… Toutes mes femmes drôles étaient là…

Avec toute mon amitié, Pierre Palmade.

En 2001, je décide donc de divorcer parce que je veux pouvoir parler publiquement à la presse de mon homosexualité. Véro ne veut pas. Elle souhaite que nous restions mariés, d'une façon tacite, romanesque. Ce divorce la blesse profondément.

Moi, je veux fermer la parenthèse parce que je ne peux pas dire toute la vérité, si je suis encore marié avec Véronique.

C'est à cette époque-là que je rencontre Mireille Dumas avec qui je passe au confessionnal télévisé. Aveux complets. Je ne les regrette pas mais je me suis pris un peu trop au jeu ; à un moment, je fais plus d'interviews que je n'écris de sketches. C'est quand même gênant pour un humoriste.

Véro se fâche. Plus rien n'existe entre nous, si ce n'est le silence. Mais la vie fait son œuvre et recoud patiemment les corps déchirés.

Nos rapports ont changé il y a quatre ans. Un jour, elle m'appelle et vient me voir dans l'appartement que j'habite encore aujourd'hui. Elle sonne, j'ouvre la porte. Nous restons un moment immobiles, silencieux, émus de ces retrouvailles. Elle est belle, souriante.

« *Je peux entrer ?*

— *Bien sûr, pardon, entre.* »

Elle jette un coup d'œil autour d'elle pour voir à quoi ressemble mon univers. C'est très sobre, chez moi. Un appartement de célibataire.

« *Tu veux boire quelque chose ?*

— *Un café, je veux bien, merci.* »

Je m'approche de la machine, je sors une tasse du placard.

Je la sens derrière moi. Peut-être un peu nerveuse. C'est en tout cas elle qui met fin aux banalités d'usage en me lançant sans prévenir – mais c'est toujours mieux d'y aller franchement :

*« Pierre, je sais que tu es homosexuel, je sais que tu ne désires pas les femmes, mais je t'aime quand même. »*

Je me retourne, je la regarde et toute la tension sourde disparaît tout d'un coup.

*« Tu ne peux pas savoir comme j'ai rêvé d'entendre cette phrase de ta bouche. »*

Elle me sourit.

*« Je sais que tu m'aimes et je sais que je t'aime. »*

C'est aussi bête que ça. Quelques mots et l'air devient respirable. Ce que m'a dit Véro, ce jour-là, lui a sûrement demandé de gros efforts. Et je la remercie pour ces mots finalement si simples mais si compliqués à prononcer. Il est juste question d'amour. Car oui, j'ai été amoureux de Véronique, j'ai été heureux avec Véronique. Je le suis à nouveau.

Aujourd'hui, nous avons une relation rare. Véro m'appelle au téléphone régulièrement et moi aussi. Elle me dit que je suis le seul à qui elle livre ses secrets, ses angoisses ; moi, je lui fais part des drames que je vis, de ma détresse, aussi, de mes envies d'être en couple. Je parle avec elle parce qu'elle me connaît par cœur. Elle connaît mon histoire, ma famille, elle connaît tout. Je crois qu'elle a gardé l'image du petit branleur de 27 ans qu'elle a connu et, de temps en temps, il faut que je lui rappelle que j'ai changé, que j'ai 50 ans, que ce petit gars de 27 ans avec ses défauts plein les poches a disparu. Je sens qu'elle a encore des reproches à me faire mais elle se retient.

*« Pierre, je sais que tu es homosexuel, je sais que tu ne désires pas les femmes, mais je t'aime quand même. »*

Ces paroles de Véronique, j'aurais aimé que ma mère me les dise. Ça m'aurait un peu libéré de ce devoir absolu d'être hétéro à ses yeux. Ma mère, elle, me dit souvent cette phrase qui me met très en colère : *« Oui, peut-être que tu es homo, mais les gens ne te perçoivent pas comme homosexuel. »* Vous vous rendez compte de l'absurdité de cette remarque ?

C'est évidemment une parole qui appartient à sa génération. Donc je ne lutte plus. C'est ancré dans l'esprit de beaucoup de gens : un homo est une folle. C'est pour cette raison qu'il n'y a pas d'homos dans le foot, sans doute. Pas plus que chez les politiques ! Ou parmi les patrons ! C'est ridicule.

En 1995, je rencontre Véronique, une jolie blonde que beaucoup d'hommes désirent, et un an plus tard, je forme un couple sur scène avec Michèle Laroque dans *Ils s'aiment*. J'ai remarqué cette concomitance il n'y a pas si longtemps : j'avais vraiment envie de tout faire pour qu'on ne me traite pas de pédé ! Je suis un mari très crédible avec Michèle Laroque et j'ai épousé Véronique Sanson, ce qui rend fous de rage plein d'hétéros. Je suis ravi. D'ailleurs, je crois que Véro n'aime pas le spectacle *Ils s'aiment*, parce que je suis plus crédible avec Michèle que je ne le suis avec elle. Les gens croient à Michèle mais ne croient pas à Véronique.

L'écriture de *Ils s'aiment* avec Muriel Robin, pendant l'été 1996, est un moment heureux et important. Mais la rencontre sur scène avec Michèle Laroque l'est tout autant. Mon producteur de l'époque, Gérard Louvin, me dit de continuer le one-man-show, que ça marche et lui ne voit pas pourquoi changer.

*« Tu as ton public, il est là, fidèle. Et, que je sache, tu sais encore écrire des sketches.*

*— Non, non, il faut que je sois avec une femme sur scène, il faut que je joue un couple. »*

Je suis marié depuis un an avec Véronique et cette idée du couple hétéro me travaille. Je ne pense évidemment pas que cette façon de cacher ma sexualité en allant jouer les maris sur scène va aboutir à un tel succès.

Michèle et Muriel se connaissent. Elles devaient jouer ensemble quand j'ai corrompu Muriel pour la lancer dans le one-man-show. Michèle a continué sa vie de comédienne de son côté, jouant des seconds rôles dans plein de pièces, dans des films. Lorsqu'elle participait à *La Classe* avec moi, je la trouvais chic, drôle, espiègle.

C'est à elle que je pense pour jouer ma femme. Je vais la voir et après les banalités amicales d'usage :

*« Est-ce que tu voudrais former un couple avec moi ?*

*— Tout de suite !*

*— Génial, j'attendais cette réponse. Merci, Michèle. L'idée,*

*c'est de raconter la vie quotidienne d'un couple, par saynètes. Il y aura des disputes, des réconciliations, tout ça. Normalement, ça devrait être drôle.*

*— Vas-y, va, écris, qu'est-ce que tu attends ?* »

Le lendemain, j'en parle à Muriel : « *Je suis en train d'écrire pour Michèle et moi.* »

Muriel, du tac au tac : « *Je veux faire la mise en scène !* »

Comment refuser ? J'écris de mon côté quelques sketches et, régulièrement, je viens voir Muriel pour qu'elle imagine déjà la mise en scène. Et ce qui devait arriver arrive, parce que entre Muriel et moi, c'est toujours aussi symbiotique : elle me donne des idées, corrige certains passages… et devient coauteure. Très généreuse, Muriel ne s'impose pas dans le travail. Tout seul, je n'aurais jamais écrit aussi bien. En fait, elle me rembourse de ce que je lui ai apporté en coécrivant discrètement ce spectacle. Son nom est en tout petit sur les affiches. *Ils s'aiment*, c'est le couple Palmade/Laroque.

On écrit chez Muriel, on rit comme des gamins qui imitent les parents. On se marre à chaque phrase.

On ne voit pas venir le succès. Enfin si, un peu tout de même. Nous sommes programmés à la rentrée à La Cigale. La salle se remplit alors qu'on n'a pas fini d'écrire. Laroque/Palmade, il y a un truc qui doit sentir bon. Mon producteur m'avait dit : « *Michèle qui ? Ça ne fera pas un strapontin !* » Eh bien on a rempli quelques sièges quand même. Ils se comptent par milliers.

Je n'ai eu qu'un véritable échec dans ma vie, l'émission de télé *Made in Palmade,* en 2007. J'ai été très vexé. J'étais persuadé de refaire *Le Petit Théâtre de Bouvard.* L'échec et le fait d'avoir été viré me permettront d'écrire *Le Comique,* ma plus grande pièce, un an plus tard. L'échec, dans le travail, je ne le connais pas. Ou peu. Et s'il est vexant, il est aussi motivant. J'écrirai la suite de *Ils s'aiment* parce que après ce carton, mon nouveau one-man-show, *Vous m'avez manqué,* ralliera moins de monde. Mon producteur, Gérard Louvin, me dira que je n'ai pas une bonne réputation dans le métier et me rendra mon contrat. « *Tu es ingérable.* »

Je trouve son comportement très grossier, violent, injuste. J'attendais de lui qu'il me protège contre vents et marées. Je suis ingérable, peut-être, mais je suis un artiste. Gainsbourg aussi était ingérable. Coluche, également. Je ne sais pas si Paul Lederman a rendu son contrat à Coluche en lui reprochant d'être ingérable. Ça m'a tellement vexé que je me suis dit : « *OK ! Tu ne veux plus me produire ? Je vais écrire* Ils se sont aimés. » Et ça a marché encore plus. Il était fou de rage et a de nouveau voulu s'occuper de moi. « *Je croyais que j'étais dans le caniveau ? Je croyais que j'étais ingérable ?* »

Il m'a menacé de tout. Je ne lui ai rien donné. Il nous faudra du temps pour nous pardonner. C'est le même orgueil qui m'a fait arrêter la fête en 2005, quand j'ai appris qu'on disait de moi que je n'étais pas capable de jouer la pièce de Ruquier, *Si c'était à refaire*. Là, c'était le premier de la classe qui réagissait. « *Vous allez voir si je ne vais pas rebondir !* » Toujours mon côté compétiteur. Ardisson m'a lancé, un jour : « *J'arrête de dire du mal de toi, tu rebondis à chaque fois. Tu es un phénix.* »

*Ils s'aiment* est un rêve. On met tout le monde d'accord. Je crois que je suis très heureux – de manière un peu inconsciente – d'être aussi crédible dans un couple avec une femme. Sur scène, c'est une réplique, un rire, une réplique, un rire. J'ai l'impression d'être acteur pour la première fois. C'est l'un des sommets de ma carrière. D'ailleurs, je ne suis pas vexé quand les gens ne se souviennent que de ce spectacle. Mon public est d'habitude plus confidentiel, là, je vis un consensus étonnant. Un vrai succès populaire. Michèle et moi sommes un couple qui représente tous les couples. Comme Jean Dujardin et Alexandra Lamy dans *Un gars, une fille*. D'ailleurs j'adorerais réunir les deux couples dans un film. Je l'ai dit à Dujardin, c'est resté lettre morte. Peut-être plus tard, quand j'aurai mon Molière d'honneur.

En 1996-1997, les histoires de procès sont finies, je quitte Véronique, je refais la bringue avec les copains. Le soir, je joue *Ils s'aiment*, la nuit, je fais la fête. Les copains changent. Je rencontre Ramzy, qui devient mon frère de bringue. J'avais vu Éric et Ramzy à la télé, je trouvais Éric très sexy et j'avais décidé d'aller le draguer un peu.

Je me rends au Palais des Glaces où ils jouent et à la fin du spectacle, je suis dans leur loge, persuadé de les impressionner. Je ne les impressionne pas du tout. Éric me dit bonjour très normalement, il ne me calcule pas. Par contre, Ramzy me tombe dessus et me vanne immédiatement. « *Ah l'humoriste des années 90 ! L'humoriste en noir et blanc !* » On part se soûler. Et on devient très copains. Au point que le métier croit qu'on est ensemble. Pas du tout, on se marre sans arrêt, point. Un jour, Jamel me demande : « *Dis-moi la vérité, vous étiez ensemble avec Ramzy ?* » Mais non. D'autant que je ne fais pas partie de ces homos qui pensent que tous les hétéros sont un peu homos. Ramzy m'annonce : « *Je dois partir avec ma femme à Miami, j'ai plutôt envie d'y aller avec toi.* »

Il appelle sa femme, on part tous les deux à Miami une semaine. On rit énormément. Tout le temps. La production de *H*, la série qu'il tournait, s'inquiétait parce que Ramzy arrivait en retard sur le plateau. Il a dû me quitter. Et puis sa femme lui a demandé de choisir entre elle et moi. Pour eux, j'étais le diable alors qu'en fait, je ne faisais que réveiller le diable chez les autres.

Carole Bouquet m'a toujours dit : « *C'est hallucinant, ta capacité à ne plus aimer du jour au lendemain.* » Quand c'est fini, je coupe les ponts. Tous les ponts. Comme si je ne voulais plus souffrir. Peut-être parce que je sens que l'autre est capable de me quitter ou de s'éloigner. Ça vient de la mort de mon père. Je ne veux pas qu'on m'abandonne, je préfère abandonner.

J'aime quelqu'un à partir du moment où j'imagine ne plus être avec lui. Muriel Robin m'a avoué : « *Tu ne sais pas à quel point c'est difficile de ne plus se faire aimer par toi.* » C'est vrai que je peux changer de muse, de partenaire, de copain. Mais je ne suis jamais désinvolte. Ceux que je quitte ne m'en veulent pas. Ils doivent sentir que je le fais pour me protéger. Après, c'est plus doux. Je reste en contact avec mes ex. Les ex-copains comme les ex-amants. Parce qu'on s'est aimés pour des bonnes raisons.

J'admire les gens, je suis gaga de mes amis, mais il faut que je quitte. Jacqueline Maillan en a souffert, je crois. Je l'admirais. Dans *Pièce montée*, que je lui avais écrit, je lui demandais de jouer des choses que Muriel faisait mieux qu'elle. Muriel était dans sa phase toute-puissante, elle était Jacqueline trente ans plus tôt. « *Jacqueline, regardez, c'est comme ça qu'il faut le jouer. Muriel le fait très bien.* » La réponse a fusé, sèche, dure : « *Je ne suis pas Muriel Robin ! Je suis moins forte que Muriel Robin, je ne sais pas faire ça.* » Je ne la regardais plus comme mon idole. Elle est décédée un an plus tard.

C'est aussi pour cette raison que je suis à ce point devenu le gardien du temple de la mémoire de Jacqueline. Je fais en sorte qu'on ne l'oublie pas. Montrez Poiret, Serrault et Maillan à un jeune humoriste d'aujourd'hui qui a le melon, il rentre chez lui faire ses devoirs. Quelle bêtise de ne pas se nourrir des anciens. On a tous nos filiations. Jamel, je trouve qu'il a quelque chose de Darry Cowl. Bigard, il le dit lui-même, c'est Robert Lamoureux. Muriel, c'est Jacqueline Maillan. Moi, Sylvie Joly.

En 2017, pour mes 30 ans de carrière, j'ai imaginé une émission « pré-mortem », *On se refait Palmade*, où j'ai demandé à des copains plus jeunes que moi, mais presque plus célèbres, Arnaud Ducret, Baptiste Lecaplain, Lorànt Deutsch, Max Boublil, Alex Lutz, de reprendre mes anciens sketches. J'ai commencé en disant : « *Comme je ne suis pas sûr qu'il y ait une émission après ma mort, je voudrais la faire avant.* »

Je souffre un peu que mes révélations aient pris autant de place. Mais je me dis que beaucoup d'homos ont dû vivre la même chose, ce bouillonnement, en même temps que moi. Je me trouve courageux d'avoir avoué que j'étais homo. Et d'avoir avoué que je ne le vivais pas très bien. J'espère que je n'en ai pas bavé pour rien. Peut-être fais-je aussi partie, malgré les médisants, de ce mouvement vers l'acceptation. Je ne suis pas Harvey Milk. Je n'ai pas l'impression d'être militant, pourtant j'ai témoigné de la difficulté à être homo, tout en restant populaire artistiquement et en faisant rire la fameuse ménagère que j'aime beaucoup.

Qu'on ne me dise pas que c'est mon fond de commerce, je n'ai écrit sur mon homosexualité qu'à partir du *Comique*, en 2008.

En cette moitié des années 90, la carrosserie reste nickel mais force est d'avouer que le moteur, lui, est très grippé. Ceux qui n'écoutent pas les interviews, qui ne sont pas au courant des bruits, se disent : « Il a l'air cool ce mec, tout va bien pour lui, joyeux et tout ça. Il doit avoir une jolie femme et une jolie maison à la campagne. » Bah non, le mec est en survie.

Aujourd'hui, je suis à deux doigts de me réparer et je ne veux pas, je ne veux plus souffrir en essayant d'être un autre. J'ai assez souffert pour pouvoir désormais essayer d'être heureux.

# 7

L'arbre du succès cache une forêt de larmes. *Ils s'aiment* fait salle comble partout, le public applaudit et en redemande, chacun se reconnaît dans le couple que nous formons, Michèle et moi, sur scène, et très vite, une suite est envisagée. Professionnellement, c'est tapis rouge, applaudissements et rappels. Ce qui me permet, comme souvent dans ces périodes-là, d'alterner boulot et bringue. Je maîtrise…

Ou du moins, je crois maîtriser, alors que ce n'est qu'illusion. Je suis un trentenaire déjà entamé – dans tous les sens du terme –, je fréquente le show-biz depuis plus de dix ans, je suis célèbre, drôle et malade. Je suis alcoolique et dépendant à la cocaïne.

Je l'étais à l'époque sans me l'avouer. Surtout sans le savoir. Je le suis toujours aujourd'hui, je le serai toute ma vie, je peux juste essayer d'être abstinent. Sobre, comme disent les Américains. Et ça j'aimerais l'être tout le reste de ma vie…

Michèle est ravie qu'on poursuive l'aventure d'*Ils s'aiment*. Et je suis très excité qu'on ait cette idée. On fait souvent des suites au cinéma, jamais au théâtre. Là c'est balaise.

Je suis toujours à jeun lorsque j'écris, surtout pour écrire du drôle ; je dois être réceptif à ce qui m'entoure pour avoir les bonnes idées et la bonne inspiration.

Muriel le sait et pour me tenir loin des tentations de bringue, elle m'entraîne au soleil, à l'île Maurice, pour écrire *Ils se sont aimés*. Dix jours de boulot. C'est très rapide mais Muriel et moi avons cette même façon de fonctionner : les idées fusent, les dialogues s'enchaînent, les impros fonctionnent à plein régime.

Nous jouons avec Michèle au Théâtre de la Porte Saint-Martin pendant quatre ou cinq mois. C'est plein tous les soirs. 1 100 places. Ensuite, vient la tournée. 80 dates pendant plus d'un an. À Paris, je me tiens bien, même si je peux parfois un peu flotter sur scène ; les tournées sont plus grisantes car se montrer en boîte en province, ça fait toujours son effet. Je fais tout de même attention, car le spectacle demande beaucoup d'énergie.

Pas assez attention. Michèle souffre parfois de me voir fatigué – euphémisme. Ceci dit elle s'amuse aussi lorsque je lui raconte ce que j'ai fait pendant la nuit, comme cette histoire avec le chauffeur de taxi qui m'a ramené à l'hôtel à Pau.

Je vais en boîte de nuit et je ne trouve personne. Je n'ai pas de coke, donc je suis saoul très vite et personne ne veut de moi. Je ne suis pas très content, un brin agacé. Je prends un taxi pour rentrer à l'hôtel vers les 4 heures du matin. L'histoire est un peu graveleuse mais elle fait beaucoup rire Michèle... Je m'installe dans le taxi et je commence à parler au chauffeur : « *Oh là là, ça va pas ce soir, je rentre tout seul, j'ai réussi à draguer personne. C'est pénible. J'aime pas rentrer seul...* »

Je suis vraiment bourré. Je regarde le gars qui a l'air d'un bon père de famille et pour le faire rire je lui lance : « *Vous, vous me suceriez pas, par hasard ?* »

Je pensais que la proposition allait le faire vraiment rire. Pas du tout. Silence. Il se gare. Il vient sur la banquette arrière, fait ce que je lui demande puis me dépose à mon hôtel.

Sauf que le lendemain matin, Michèle et moi attendons un taxi pour nous emmener à l'aéroport.

Et c'est le même qui arrive !

... Et pendant le trajet : « *Ça va Pierrot ?* » Et plein de petites œillades complices.

Michèle me regarde du genre : « Il est un peu familier, non ? » Je lui chuchote que je lui expliquerai tout dans l'avion. Ce que j'ai fait. Elle a hurlé de rire. Et régulièrement, lorsque je suis avec elle à un dîner parfois un peu chic, elle me lance : « *Oh ! Pierre ! Raconte le taxi à Pau !* »

Et je raconte le taxi à Pau.

Il serait possible de faire de cette histoire le résumé du début des années 2000. De l'extravagance, du sexe, de l'humour, du travail ; et puis l'amitié, la bringue. Un tableau presque parfait, en tout cas très regardable, susceptible d'être accroché au mur si ce n'est qu'au début de ce nouveau siècle, je célèbre aussi mes 10 ans de coke. Et bientôt, je vais taper dans le dur.

Ma carrière passe toujours avant la fête. Sinon, je serais mort. Dès qu'il y a un enjeu, le bon élève que je suis repasse devant le cancre. Jekyll est toujours plus fort que Hyde et c'est lui qui écrit ce livre.

2003/2004/2005 : ce sont les années où je suis vraiment au maximum de la nuit et de la défonce. J'essaye de le masquer, ce qui me demande beaucoup d'énergie : sur scène, en promo, dans la rue.

Ma première fois, c'était quinze ans plus tôt. Je commençais tout juste à être connu, l'époque voulait qu'on frime quand on était célèbre, les sollicitations étaient nombreuses, et il était difficile de résister à toutes. En tout cas, moi, je ne pouvais pas. Pas à mon âge, alors que je faisais tout pour appartenir à ce nouveau monde. C'était une autre façon de fermer la porte aux années bordelaises que je ne voulais plus voir. Une façon d'être adulte, indépendant.

En sortant de boîte où j'avais beaucoup picolé, un copain m'avait invité à prolonger la soirée chez lui. Je commençais à être saoul, à perdre le contrôle de moi-même, ce dont j'ai horreur. L'alcool rend bête, on se met à parler comme un demeuré, j'ai jamais aimé ça.

Chez lui, il prend une ligne devant moi et m'incite à faire pareil. J'hésite quelques secondes puis je cède.

La première fois, c'est euphorisant. L'effet est immédiat : la coke dissout les effets de l'alcool. Je retrouve de la prestance. Ça n'a pas les effets d'une drogue, plutôt ceux d'un médicament. Mon esprit est vif, agile. Les mots sortent de ma bouche dans le bon ordre. La drôlerie reprend le dessus. Je suis un homme neuf. Mon corps suit le mouvement. Fini, l'aspect pataud du gars bourré, revoilà le Pierre Palmade aiguisé. J'adore.

J'ai le sentiment d'être à jeun. Et comme avec ce copain, l'idée de se déshabiller nous vient assez vite, je me rends alors compte que la coke m'empêche de jouir ! Deuxième effet de ce médicament ! Je peux faire l'amour des heures avec ce garçon. Avant, à jeun, je jouissais vite, trop vite. L'homosexualité est tellement taboue chez moi que l'excitation était alors incontrôlable. Comme pour me débarrasser de la honte du moment où j'étais au lit avec un garçon. À tel point que ce tabou et cette excitation mêlés pouvaient quasiment m'empêcher de draguer quelqu'un, imaginant qu'il allait être déçu d'avoir face à lui un mauvais coup.

La coke me permet tout simplement d'être homo. Et de longues heures ! L'acte est enfin satisfaisant. Heureux, parfois. J'assume, quoi !

Sous cocaïne, je ne me pose pas la question de savoir si je suis homo ou pas : « Je couche avec des garçons et je vous emmerde. » C'est très important. Comme si je faisais le mur : le mur des conventions, le mur de la bienséance, le mur de tout ce que ma mère veut que je sois.

Sauf que Paris la nuit, ce n'est pas une boum. C'est un endroit rempli de gens dangereux !

Cette première fois en entraînera d'autres. Rapidement, je vais prendre de la coke tous les soirs, toutes les nuits.

La coke est supposée exciter les gens mais pour les hyperactifs comme moi, elle produit l'effet inverse ; elle me calme. Je juge moins les gens.

Entre 20 et 30 ans, la coke n'était pas forcément liée au sexe même si elle poussait à la performance. Elle me permettait de faire le malin et de rigoler. Elle me rendait prétentieux, orgueilleux, un peu méchant car elle détruit l'empathie pour les autres. Bien sûr, je draguais et je couchais ; un garçon par soir ce n'est pas mal. Plus tard, ce sera beaucoup plus. Trois, quatre, cinq.

Et la vie continuait. Et je ne voyais rien venir. Je savais m'arrêter lorsque j'écrivais donc je ne me pensais pas dépendant. Encore moins malade. Mais je l'étais. Le mal préparait le terrain. Il jouait l'innocent. Ne claironnait jamais sa présence. Le mal était d'une hypocrisie terrible car il s'habillait des apparences de la banalité. Prendre de la coke, c'est illégal mais je ne fais de mal à personne. Ben voyons… C'est une bombe à retardement. Un mécanisme horloger d'une grande précision qui empoisonne le corps et qui éclate au moment où il est trop tard. Une saloperie sur laquelle je peux aujourd'hui mettre un nom sans que jamais elle disparaisse. Ce mal me regarde avec ironie et malveillance. « Tu vois je t'ai bien eu, Pierre ! » C'est vrai, tu m'as bien eu. Mais je me bats. Et je vais gagner. Je ne serai jamais guéri mais je pourrai te contrôler.

En 2005, j'arrêterai tout pour jouer la pièce de Laurent

Ruquier, *Si c'était à refaire.* Six mois de calme. Mais la bête est patiente et attend son heure. Je croyais que j'étais guéri, mais non. Les rechutes seront terribles.

Cette fois, j'ai 40 ans et la fête est moins drôle. À cet âge, mes amis ont d'autres vies : ils sont rangés des voitures en famille, ils ont arrêté la fête ou ils sont ruinés et sont partis en province. Je perds mes potes rigolos, j'arrête de sortir en boîte. Et je rechute pour le sexe. La coke me permet le sexe à outrance. Je me paye des escorts, le mot chic qui a remplacé « pute ». Je découvre ce milieu-là, alors que payer pour coucher est pour moi une insulte à la séduction. Je suis un séducteur pas un jouisseur. Je n'accepte pas de payer le sexe : je m'invente donc des histoires avec ces hommes-là, j'essaye de les séduire, parfois nous sommes même en couple quelque temps. Je ne veux pas payer le sexe mais c'est exactement ce que je fais.

Je dois le reconnaître : ces rechutes sont très festives. Tout se passe chez moi. Avec un mec, deux ou trois. Ce sont de longues heures qui durent toute la nuit, parfois la journée suivante. On rit, on regarde la télé, on parle, on est à poil, on fume, on couchaille ensemble. Et on recommence. C'est une orgie amusante – je n'ai jamais fréquenté les back-room. Le rire doit être au rendez-vous. Je parle tout le temps ; je montre mes sketches, je suis très mégalo. Les gens adorent faire la fête avec moi ; aussi parce que je paye tout mais surtout parce que je respecte l'autre et son désir.

Le Tout-Paris gay de la nuit se passe le mot. Chez Palmade, on s'amuse.

Mais le danger ne se cache jamais loin. Beaucoup de petites frappes ont tenté de me faire chanter. Ils prennent une photo de moi à poil ou en train de prendre une ligne. Une fois dehors, ils appellent les journaux people. Mais ces photos-là ne les intéressent plus. Ma vie privée est claire et quelqu'un aurait du mal me faire chanter. Ce que les voyous ne savent pas, c'est que depuis mon procès, je dis tout. Je ne me cache de rien. Et du coup les flics savent tout de moi. J'ai plus peur d'un maître chanteur que de la police. En 2012, j'ai fait condamner un type qui m'avait piqué ma carte bleue et m'avait escroqué 39 000 euros en menaçant de tout dire à la presse si je l'embêtais. Crétin.

Quel tableau idyllique, non ? Du plaisir, du sexe, du rire. Docteur Jekyll en pleine bourre. Mais Mr Hyde n'est jamais loin et le voilà qui s'invite pour ne plus jamais partir.

Une rechute, c'est comme si on vous proposait un voyage aux Bahamas en vous précisant qu'au retour l'avion allait se crasher. Moi, je prends quand même l'avion.

La première ligne de coke et le premier verre de vodka me procurent toujours une sensation de liberté. Mais quand je commence… je ne m'arrête plus. C'est quatre jours sans dormir jusqu'à l'évanouissement. Sans boire d'eau, sans manger. Coke et vodka uniquement. Jusqu'à ce que mon corps tombe. C'est là que c'est grave. À 20 ans, je gère, à 40 ans, ce n'est pas la même musique. Ne pas dormir fout le moral en l'air. Des envies suicidaires m'assaillent. Je résiste.

Après la fête, la descente. Je débranche tous les téléphones, j'annule tous les rendez-vous, je suis au fond du lit, je dors pendant trois jours ; j'ouvre un œil de temps en temps, je tremble, je ne veux plus qu'on me parle, je ne veux plus travailler. Un mort-vivant.

Et je récupère petit à petit. C'est ce qu'il y a de plus terrible. Approcher du gouffre me permettrait sans doute d'être conscient du danger. Mais non, je récupère. Et je recommence. Parce que je suis malade. Dépendant.

Je devrais me souvenir des conséquences de ces bringues quand je prends ma première ligne ; et je m'en souviens, bien sûr, puisque je l'écris mais ce n'est pas ce qui me vient d'abord à l'esprit. Ce qui me vient, c'est l'euphorie. C'est pour cette raison que je rechute. Les rechutes, c'est oublier les conséquences alors qu'elles sont horribles. Une rechute, ça ne fait pas mal tout de suite.

Dès que j'ai l'impression d'avoir bien travaillé, que j'ai rempli des salles et qu'éventuellement j'ai eu quelques bonnes critiques, j'ai besoin de me récompenser. Et je ne connais que cette façon-là depuis l'âge de 20 ans. Une partie de jambes en l'air avec alcool et coke.

Être dépendant est une pathologie. Une aliénation. Ce n'est pas un bras d'honneur à la justice ou à la loi. Je n'aime pas ceux qui traitent les gens de drogués : comme si on traitait les gens de sales cancéreux.

Je ne prendrai plus jamais de drogue de ma vie. Au moment où je l'écris, je le pense profondément. Et j'y crois. Mais il faudra éviter toutes ces sollicitations qui poussent à en reprendre. J'ai replongé cet été parce que je m'ennuyais. L'ennui est un facteur aggravant. Il faut repérer les situations qui m'amènent à la consommation : l'ennui, la solitude, la fréquentation du milieu de la nuit, la drague.

Au printemps, l'année dernière, je me suis rendu en Angleterre, près de Londres, pour suivre une cure de désintoxication. C'est dur de s'avouer toxico. Les responsables de la cure appellent ça : « capituler ». C'est exactement ça. Le mal est plus fort que toi et tu dois d'abord capituler. Mais pour un artiste célèbre, capituler est une hérésie.

Il y a des séances de groupe chaque jour…

*« Bonjour, je suis Alexis. Je suis abstinent. J'ai arrêté il y a vingt ans. »*

Putain. Pas guéri. Abstinent.

On écrit sur soi. On réapprend à vivre des sentiments. Le toxico, il fait tout pour ne plus ressentir d'émotions. Ce serait trop dangereux pour lui. J'apprends à être de nouveau ému ; j'ai pleuré la mort de mon père.

Chacun lit à tour de rôle, un extrait du *Big Book* des Alcooliques anonymes, les AA, dans lequel sont transcrits les récits de vie des malades.

Mon histoire, c'est grandeur et décadence d'un toxico. Il manque d'ailleurs la troisième partie, le sauvetage. Quand on est en pleine forme, on ne voit pas où est le problème alors qu'un orage menace toujours et qu'il peut me tomber dessus dans l'heure ou dans la semaine.

Je suis un miraculé. Un survivant. Mon orgueil me fait tenir debout alors que je suis complètement bancal. J'ai compris un truc : ce n'est pas parce qu'on connaît ses problèmes qu'on les résout.

# 8

C'est une voix que je reconnais. Nous sommes amis, Frédéric et moi. On se voit de temps en temps, il commence à se faire un petit nom à la télé mais il n'est pas encore aussi connu qu'aujourd'hui.

« *Allô Pierre, c'est Frédéric. J'ai lancé une nouvelle émission sur France 5,* En terre inconnue, *dans laquelle j'amène quelqu'un dans une région reculée du monde à la découverte des gens qui y vivent. J'aimerais que tu y participes. Tu as envie ? Surtout, en es-tu capable ?* »

C'est à l'automne 2004 que Frédéric Lopez m'appelle. L'émission est, elle aussi, inconnue. Seul Thierry Lhermitte y a participé, il est allé à Madagascar, mais la diffusion est prévue en décembre. Donc personne, à part la production, ne sait à quoi elle ressemble. Thierry est, semble-t-il, rentré sain et sauf.

J'accepte immédiatement. Par défi. Parce que je connais les sarcasmes qu'on balance à mon sujet dans le Tout-Paris. Je suis au sommet de ma consommation d'alcool et de coke, je passe mes nuits avec les plus beaux garçons de la capitale et j'annule mes rendez-vous professionnels le lendemain. Pire, je n'y vais pas et je ne préviens pas. Je fais la bringue quatre ou cinq soirs par semaine. La réputation que je me trimballe, j'avoue, je la mérite. J'apprends d'ailleurs que les gars de l'équipe technique d'*En terre inconnue* ont parié que je ne tiendrais pas plus de deux jours dans le sable du désert et qu'ils reviendraient vite à Paris. Mais, moi, je connais un Pierre démerdard, courageux, qui a su dire non à ses études, qui a pris un train et qui est monté à Paris tout seul. Et ce Pierre-là je veux le réveiller parce que je n'en peux plus de la réputation qui me colle aux semelles.

Dans la voiture qui m'emmène à l'aéroport d'Orly, je suis serein, excité, pas vraiment angoissé. J'ai apporté deux trousses de toilette remplies de médicaments et je suis vacciné contre le palu, tout va bien. Comme c'est devenu la coutume, Frédéric me met des écouteurs dans les oreilles et un bandeau sur les yeux. Je suis pris en main, c'est le cas de le dire. Dans mon métier, on est souvent pris en main, pour ne pas dire infantilisé. Quand on a un peu de succès, l'entourage est là pour vous faciliter la vie.

J'ai assez vite décidé depuis que je suis célèbre de me faire assister pour tout. Ma mère et ma sœur s'occupent des papiers, j'ai un producteur, un avocat, une assistante dévouée (Claudine, ma Claudine que tout le monde m'envie) et une femme de ménage très maternelle, Maria, qui s'occupe en plus des courses, de virer certains mecs de mon appartement quand ils tapent l'incruste.

Je suis protégé, trop peut-être...

Aujourd'hui, je m'occupe moi-même de beaucoup plus de choses, mais à l'époque je trouve que ça fait star d'être assisté pour tout.

Frédéric me tient la main et me guide. Cette fois-ci je n'ai plus d'assistante. Je déteste les surprises mais comme j'ai décidé que cette émission ferait partie d'un processus de réhabilitation, je le suis. Au milieu du désert, Frédéric me lancera : « *Je crois qu'elle tombe bien, pour vous, cette émission.* »

Que veut-il dire par là ? Frédéric sait des choses sur moi et me fait un appel du pied. Je bredouille.

« *Oui elle tombe bien. J'avais besoin de prendre de l'élan, j'étais adossé contre un mur. Et je n'irai pas dans les détails. Je n'arrivais plus à prendre de l'élan pour aller de l'avant.* »

Direction l'Afrique, le Niger, le désert, les Touaregs. Ce sont des noms que je connais, évidemment, mais je n'y suis jamais allé. Pourtant, l'Afrique m'attire depuis toujours, alors que je voyage très peu, pour ne pas dire jamais. La Belgique, la Suisse et exceptionnellement Montréal pour son festival Juste pour rire.

Niamey, capitale du Niger. À peine le temps de sentir l'air que nous voilà à l'hôtel pour passer la nuit. Départ tôt le lendemain. Plusieurs heures de voiture nous attendent par 45 ° à l'ombre. Le premier jour, nous visitons une grande réserve de girafes à Kanaré, au sud-est de Niamey. Et les six jours suivants, nous vivrons dans un campement touareg près de Harikanassou, à environ douze heures de route de Kanaré.

Pendant le voyage en voiture, je parle, je parle, je parle. Quand je regarde les images, je vois un type content d'être là mais qui, pour l'instant, joue encore trop à Pierre Palmade. Je cherche à faire le malin. Au début, je fais attention à la caméra, puis je vais finir par l'oublier.

J'ai constamment en tête les gens qui ne m'imaginent qu'avec un verre de gin tonic, en boîte de nuit à 5 heures du matin, la main sur la braguette. Et là je me dis : « Voyez les gars, Palmade, c'est aussi ça. »

Je peux le dire maintenant : dormir seul dans une hutte, à la dure, ce n'est pas fait pour moi. Les somnifères m'ont bien aidé. Qu'est-ce que je l'aime ce Lexomil !

Frédéric est très attachant. Il fait attention à tout. L'émission est aussi un gros enjeu pour lui qui tente de faire ses preuves à la télé. Lors d'une des premières visites, je vois deux hommes, deux Touaregs, se tenir par la main. Je n'ose poser la question et Frédéric le fait à ma place.

« *Puisque Pierre a peur de vous le demander, je vous le demande, moi : pourquoi vous vous tenez par la main ?*

— *Parce que nous nous connaissons et que nous sommes amis.* »

Il n'y a pas la moindre ambiguïté dans cette réponse. Frédéric et moi restons silencieux. Quelques jours avant le départ, Frédéric me confie : « *J'aurai quelque chose à te dire à la fin de l'émission.* » Je m'attendais à tout sauf à ça : pendant le voyage du retour, il m'avoue qu'à 35 ans, il a découvert qu'il était homosexuel. Cette nouvelle me touche mais nous n'en parlons pas plus.

Je me suis beaucoup attaché aux gens que j'ai rencontrés, là-bas. Je crois même m'être un peu amouraché d'un jeune Touareg d'une vingtaine d'années. Je ne pense pas qu'on réalise tout ce qui se passe immédiatement, dans ce type de voyage. Le principe de l'émission est de partager le quotidien des Touaregs et on est assez vite dans l'action de la journée. Après s'être levé, il faut détacher les chameaux et préparer à manger, toutes choses qui ne me sont pas habituelles. Je ne suis pas franchement fan du mil, ces graines concassées qui prennent une consistance proche de la purée à la cuisson. Mais comme laxatif, c'est parfait.

Ensuite, dans la matinée, on part pour une marche de trois heures sous un cagnard pas possible. Je suis en T-shirt pantalon, et les Touaregs m'ont donné un chèche pour me protéger de la chaleur et de la poussière. Ça me va très bien ce turban bleu. « Voyez les gars, Palmade, c'est aussi ça. »

Il faut aller faire boire les chameaux et remplir les gourdes. Au retour, il faut aussi marcher trois heures. Je suis plus valeureux qu'on ne le pense et les longues marches ne me font pas peur. Je suis un grand gaillard d'1,85 m tout de même ! C'est comme ces potes qui ricanent aujourd'hui quand je leur dis que j'habite à la campagne, ce qui est vrai depuis plus d'un an. « *Ah ah ah ! Toi à la campagne !* » Mais pour peu qu'ils me voient y vivre avec mes chats, entouré de silence et de nature, ils s'excusent : « *Ah oui, pardon, je ne sais pas pourquoi j'ai ricané, ça te va très bien.* » Effectivement, d'autres vies me vont bien.

Je fais rire les Touaregs. Mais ils se foutent de moi quand je chante ou je danse. Ça m'agace un peu. Un soir, pour leur expliquer mon métier, je me lance dans un sketch : *Le Colonel.* Des gamins traduisent pour les vieux du village. Et tout le monde rit. Je ne m'y attends pas. En tout cas, pas à ce point-là. Ils sont une quarantaine devant moi à se marrer et ça vaut toutes les salles pleines du monde. « *Putain mais je suis drôle en africain !* » C'est magique, l'humour.

Être là, au milieu du désert, avec ces gens qui ont mille autres préoccupations que les miennes, parfois juste vivre ou survivre, ça relativise beaucoup de choses. Mais l'erreur à ne pas commettre, m'a-t-on dit, lorsqu'on va en Afrique noire, c'est de vouloir sauver tout le monde. En partant, je voulais acheter une maison au Niger. Je ne l'ai pas fait. Il faut s'appeler France Gall ou Daniel Balavoine pour s'investir vraiment. Il y a d'ailleurs plein d'écoles et d'hôpitaux encore en construction et abandonnés par ceux qui ont cru refaire le monde à grands coups de chèques et qui, une fois rentrés chez eux, ont tout oublié.

Regarder le temps passer sans rien faire n'est pas dans ma nature. Et pourtant, là, étonnamment, j'aime bien. C'est vrai que je suis un peu obligé de ne rien faire. Il n'y a pas trop de boîtes de nuit dans le coin et ici, l'heure de la sieste est sacrée. Et l'homosexualité n'est pas un mot connu. Ça me change de mes rendez-vous avec le dealer et de mes apéros arrosés. Il fallait que la rupture soit brutale. Pas de sas de décompression. Je passe de la nuit au ciel bleu. De l'alcool à la sécheresse, si je puis dire. Ce n'est pas si difficile à supporter. Ce n'est jamais difficile d'ailleurs. Le calme avant cette tempête que je ne souhaite plus.

Le départ, le septième jour, je retiens mes larmes pour ne pas chialer comme un môme. D'abord, parce que je quitte quelqu'un et que je déteste ça. Ensuite, parce que ce sont des gens qui vivent dans l'instant présent, ce qui est d'ailleurs le principe de cette émission : pas de calendrier, pas de projets, pas d'angoisses égotistes. Ces moments-là sont donc très forts. Le succès et l'argent me permettent aussi de vivre des moments forts mais ce n'est pas du vrai bonheur, c'est de l'excitation. De la satisfaction. Rien de constructif. Et c'est fatigant. Vraiment. Je ne parle pas de l'angoisse de l'artiste qui doit remonter sur scène, écrire, créer, trouver des choses à dire. Je parle de moi, de l'homme, qui n'a pas de projet, pas de vie de couple, qui ne connaît pas le repos du corps ou de l'esprit. Et ça m'use, ça m'use énormément. C'est aussi de cela dont je veux me guérir.

*Rendez-vous en terre inconnue*, ce sont dix jours charnières dans ma vie. Je le dis face caméra à la fin : « *Je croyais que tout le monde s'appelait Paris.* » Eh bien non.

Sur ma fiche Wikipédia, rédigée par je ne sais qui, il est écrit : « Pierre Palmade participe en 2005 à l'émission *En terre inconnue* présentée par Frédéric Lopez qui l'emmène dix jours au Niger à la découverte des girafes et du peuple touareg, un voyage époustouflant. À 37 ans, Pierre Palmade décide en effet de "changer de vie". Il rompt avec une vie très festive et se tourne dans le même temps vers de jeunes comédiens. »

Je ne sais toujours pas comment et pourquoi madame Wikipédia a résumé ainsi ma vie d'alors mais… ce n'est pas faux. J'ai tourné l'émission en 2004, elle est diffusée en 2005 et en septembre de cette année-là, je vais pour la première fois arrêter les bringues, la nuit, l'alcool, la drogue, et tout ce qui va avec. Pendant presque un an. Pas vraiment à cause du désert du Niger mais grâce à… Laurent Ruquier.

Je suis un garçon superficiel. C'est l'image que je donne de moi et si elle m'a suffi un temps, elle m'agace aujourd'hui. L'âge sans doute. Le désir de laisser une trace aussi. À force de me dénigrer, ce qui est bien pratique pour faire taire les médisants, j'ai oublié de donner de l'importance à ce que j'écrivais. Je m'en veux mais rien n'est perdu. J'ai l'égocentrisme lucide et à taille humaine. J'ai vécu en boîte de nuit l'enfance et l'adolescence que je n'ai pas eues parce que je suis devenu adulte très jeune. La vie est belle, aujourd'hui, mais si je réfléchis bien, je ne la revivrais pas. Trop de souffrance et d'humiliations entre deux moments agréables. Je serais toujours artiste, c'est sûr, mais en privé, je serais quelqu'un d'autre. Je revendiquerais ma sexualité, je vivrais en couple, je chercherais la bonté des hommes et non plus leur beauté, j'aurais peut-être des enfants, surtout s'ils ne crient pas trop ; ce sont ceux que je préfère.

Je suis très orgueilleux. Pour que je mette un genou à terre, il faut vraiment me bousculer. Si j'ai participé à *En terre inconnue*, je ne serai jamais candidat à ces émissions où l'on se fait humilier. *Fort Boyard*, *Danse avec les stars*, là, tout le monde peut se moquer de vous. Non merci. J'ai trop d'amour-propre.

Quand je rentre chez moi, dans le Marais, nourri de tout ce que j'ai vécu au Niger, j'ai envie de m'occuper des gens avec qui j'ai sympathisé là-bas, de retourner les voir… Je ne reviens évidemment pas et je ne fais rien de ce que j'ai imaginé. Ma déception est à la hauteur de mon inconstance. Je ne pense pas être le seul, cela dit. Se donner bonne conscience peut être suffisant pour se cacher des réalités du monde ; je préfère la sincérité, quitte à culpabiliser un temps. Moi qui comptais aider ceux que j'ai rencontrés, ce sont eux qui m'ont aidé sans le savoir.

Cette année-là, je suis un peu perdu. Artistiquement, je ne sais pas ce que je veux faire, il n'y a rien qui vient. Je n'ai plus le temps d'avoir des idées, tellement je fais la bringue

Et c'est là que Laurent Ruquier m'écrit une pièce, *Si c'était à refaire* avec Isabelle Mergault, Laurence Badie et Claire Nadeau. Laurent possède une écriture légère, truffée de jeux de mots, où la forme est plus importance que le fond, mais ça peut être amusant à défendre. Je refuse la pièce de Dany Boon, *La Vie de chantier*, qui se vexe un peu, et j'accepte celle de Ruquier. Même s'il a beaucoup d'amitié pour moi, Dany en gardera du ressentiment. Il est choqué et peiné que je refuse sa pièce, et je le comprends. Je suis au paroxysme de la déchéance. J'annule les interviews pour les télés, je vais aux répétitions de la pièce de Ruquier une fois sur deux, et quand j'y vais, je suis dans un état lamentable, les yeux pas à leur place et les neurones complètement vides. Je ne sais même pas mon texte.

La première représentation est prévue début septembre. Douze jours plus tôt, j'arrive au théâtre pour répéter, dans un état border-line, alcoolisé et cocaïné. Selon les scènes à jouer, telle ou telle actrice est présente, rarement tout le monde, sauf les jours de filage. J'entre dans la salle et j'aperçois un attroupement devant la scène. Les producteurs, le metteur en scène Jean-Luc Moreau, et les comédiennes sont là. Ils tirent tous une tête d'enterrement.

« *Qu'est-ce qui se passe ?* »

C'est un des producteurs qui décide de parler.

« *On veut t'annoncer qu'on va annuler. On pense que tu n'es pas capable de jouer.*

— *Comment ça ?*

— *C'est pour ton bien, Pierre. Ce n'est plus possible de te voir ainsi.*

— *Qu'est-ce que c'est que cette histoire ?* »

Je me rends compte tout à coup que si la pièce est annulée, tout le monde va savoir… la drogue, l'alcool… Je prends tout en pleine gueule. Je ne réfléchis pas à ce que je dis.

« *Attendez, je vous donne ma parole que j'arrête tout et qu'à la première, je saurai mon texte sur le bout des doigts.* »

Mon premier échec vient de me tomber sur la gueule. Un silence très lourd s'installe. Chacun se regarde. Semble hésiter. La magnifique, la merveilleuse Isabelle Mergault, prend la parole : « *Faites-lui confiance, je crois qu'il peut y arriver.* »

Merci Isabelle. Encore merci.

C'est le genre de défi que je sais relever et que je gagne quasiment à chaque fois. Je vais apprendre le texte en trois jours.

Je suis un sprinteur. Je suis un hyperactif et l'ennui me gagne vite. Or l'ennui, c'est la première chose qui pousse à se droguer.

Je suis un compétiteur. Mais je suis aussi le lièvre de la fable de La Fontaine : parfois, je n'avance plus, je me repose sur mes acquis et la tortue me dépasse.

Là, effectivement, j'arrête tout. L'alcool, la coke, la nuit… Sauf que je me dis que je vais arrêter seulement douze jours, le temps qu'arrive la première, et après, je recommencerai ma vie. Mais ces douze jours sont miraculeux. Je récupère, je reprends des forces, très encouragé par Isabelle Mergault qui va être mon infirmière pendant huit mois. C'est jouissif et merveilleux. Je sais que tout le monde n'a pas envie que je m'en sorte. Parce que c'est très agréable de dire de quelqu'un qui réussit : « *Oui, il a beaucoup de talent mais dommage que…* » Et il y a tous les sous-entendus de la terre dans ces deux derniers mots. J'ai fait un test, quelques mois plus tôt, après avoir entendu que j'étais dans le caniveau et que je n'en avais plus pour longtemps : avec le téléphone d'un copain, j'ai envoyé à trois personnes, dont Dani la chanteuse, un texto : « Pierre Palmade est mort. »

Les réactions, qui me sont revenues aux oreilles, m'ont choqué sans pour autant me surprendre : tout le monde trouvait mon décès normal. « Putain ! OK, j'en suis là. » C'est un test très cynique qui a rendu Dani furax contre moi. Mais je n'étonnais personne en annonçant ma mort.

Pendant huit mois, je joue la pièce clean tous les soirs. Lors de la première, Isabelle Mergault me regarde et me dit : « *Mais si tu savais comme tu es beau quand tu es à jeun !* » Tout le monde s'amuse énormément. Le public vient pour Ruquier, pour Mergault, pour moi. Je suis le coq dans la basse-cour, un homme au milieu des femmes. Tout le monde est épaté que je sois à ce point solide. Enfin, quand je dis tout le monde, surtout le Paris qui s'intéresse à moi. Ma mère m'avouera un soir : « *J'en veux aux médecins parce qu'ils m'avaient dit que tu étais condamné à mort, que ça allait mal finir. Je m'étais résignée.* »

J'ai tout arrêté et je suis persuadé que rien ne me fera reprendre. J'ai même abandonné la clope. Et j'adore ça. J'adore cette vie. Je commence même à vouloir tomber amoureux.

Je déchire des pages entières de mon répertoire. Des amis de bringue que je ne dois plus voir. Que je ne veux plus voir. Des dealers, des amants, des mecs à qui je paye à manger et à boire, ceux qui me tirent par le nez pour que j'aille prendre une ligne. Je me retrouve le matin en pleine forme avec douze heures devant moi avant de monter sur scène. Mais qu'est-ce que je vais faire ? C'est à ce moment-là que me vient l'envie de monter une troupe que je baptiserai plus tard « La Troupe à Palmade ». Ça prendra un peu plus de temps que prévu.

J'ai le début d'une envie de vivre. Des envies de nouveaux amis, de vacances, que je ne prends jamais. La pièce se passe génialement bien. Un samedi, après la représentation de l'après-midi et avant celle de la soirée, les filles se mettent à picoler pour fêter le succès. Je me retrouve à jeun, moi, entouré de toutes les actrices bourrées. C'est le monde à l'envers ! On a beaucoup ri…

Un soir, on a dû annuler parce que Isabelle a eu une baisse de tension. « *Putain ! Tout le monde va croire que c'est encore à cause de moi !* » Je suis allé devant le théâtre pour dire aux gens : « *Isabelle a eu un malaise !* » Et pour qu'on me voie en forme.

Cette période-là sonne le début de l'acceptation de la maladie : je suis alcoolique, cocaïnomane et il faut que je me soigne. Je suis encore dans la toute-puissance du « je peux y arriver tout seul » et mon médicament s'appelle l'orgueil.

Oui, la vie est douce, c'est sympa de voir un ami de temps en temps, de vivre une amourette, mais comment je m'amuse ? Problème, si je puis dire : j'ai claironné comme un con à la presse et à un public qui ne savait même pas que j'étais bringueur, que j'arrêtais la fête. Peut-être pour me protéger, je ne sais pas, mais je l'ai claironné. Et vlan ! Les envies de rechute arrivent. Déjà. Quelques mois après la fin de la pièce. Qu'est-ce que je fais ? Parce que je vais forcément me faire gauler si je retourne en boîte. Alors je tire les rideaux. Je bois, je me drogue, je fais venir des mecs. Je suis parfois obligé de payer. La rechute est beaucoup plus violente. Et beaucoup plus secrète.

Le petit Bordelais n'existe plus, il n'y a que le Palmade hystérique, drôle, hyperactif, prêt à tout pour emballer un type et l'amener au lit. Et tout ça pour quoi ? Pour finir seul et toxico. Je suis un survivant des paradis artificiels. Mais j'ai connu l'enfer. Dans les années où ma célébrité me servait d'écran de fumée, j'avais l'impression de maîtriser ma consommation. Tu parles ! C'est une descente vertigineuse dans les gouffres alors qu'on imagine escalader des montagnes. Mais je ne le vois pas. Plutôt si, je le vois mais je minimise. Je me dis que je suis toujours vivant, que j'avance à peu près droit, que j'arrive encore à baiser. Mais le mal est tapi dans l'ombre.

Les rechutes sont terribles, douloureuses, parce que je m'en veux de retomber. Ces mois à jeun étaient pourtant si agréables… Mais je suis un toxico et les démons envahissent tout.

La journée, je suis un ermite dans une caverne. Il fait noir. Je me réveille allongé sur la moquette le nez en sang. Les mecs avec qui j'ai couché sont partis depuis longtemps, me laissant me démerder tout seul. Merci les gars ! Est-ce que je peux leur en vouloir ? Je n'en suis pas sûr. Les douches ne me font pas forcément du bien. Parfois, je suis tellement en manque que je picole au lieu de me laver. Je ne fais de mal à personne sauf à moi. Ça me rassure ? Non pas vraiment. Je prends tout dans la gueule. Je transpire, j'ai des sueurs froides, je traîne jusqu'à mon lit, je ne mange rien. J'attends que ça passe. Pour recommencer.

Le soir, j'essaie de me contenir. Je fais semblant, comme d'habitude. Je me mets tellement mal la journée que ça me suffit ; sur scène je peux jouer à l'acteur et faire tourner mon petit manège. Il faudrait peut-être que je me plante, que je m'écroule pendant une représentation, que je prenne deux ou trois grosses baffes pour me rendre compte de la situation. Mais non. Les journées recommencent à l'identique. Je suis avachi sur mon canapé, un verre de vodka à la main, une ligne de coke à portée de nez. Je suis incapable de penser. Je m'enfonce.

Le plus terrible c'est que le corps finit par s'y habituer.

J'aurais préféré crever mille fois plutôt que de remonter à la surface. Je baise, je picole, je me drogue. Tiercé perdant. Tout le temps.

Je rechute parce que j'ai fait la bêtise d'arrêter de longs mois seulement pour faire plaisir aux autres. Et en emmerder certains. Mais je ne l'ai pas fait pour moi. Et ça c'est la grosse erreur ! Avoir été sobre pour les autres, pour la frime. Au bout de huit mois, plus personne ne trouve formidable que je sois à jeun. Donc plus personne ne me félicite. Quel est l'intérêt, alors ? Évidemment qu'il faut arrêter la drogue et l'alcool, mais pour soi. Moi, je ne l'ai fait que pour ce personnage auquel je m'identifie. Le Palmade du show-biz. « OK, je suis à jeun, je suis en forme, mais tout le monde s'en fout. Je n'ai plus de bonnes notes. » Avoir conscience de la maladie, c'est dangereux parce qu'on s'en sert comme excuse. « Regardez, j'avoue que je suis malade, donc je peux l'être maintenant. » C'est connu, les gens comme moi, alcooliques et toxicomanes, rechutent. Je vais voir des psys, mais les psys traditionnels ne savent rien faire contre les addictions.

Et puis j'ai bientôt 40 ans. C'est un cap. La veille en boîte de nuit, on vous dit : *« Oh tu me fais kiffer ! »*, et le lendemain d'un coup on vous dit : *« Ah ! Bonjour monsieur, ma mère vous adore, est-ce que je pourrais avoir un autographe ? »* Ça non plus, ça n'a pas été simple à vivre. Le temps qui passe.

Donc à partir de 2006, je ne suis plus un bringueur, mais un mec en rétablissement, qui rechute de temps en temps. Moi qui m'appelais le James Dean de l'humour, avec l'idée romanesque de mourir jeune, la conscience d'être peut-être vieux un jour commence à me faire réfléchir.

J'ai soudain envie d'écrire des pièces plus ambitieuses. Je contacte mon idole de jeunesse Pierre Richard et je lui demande s'il veut jouer au théâtre avec moi. Bingo ! Il dit oui !

Pierre me présente Christophe Duthuron, un de ses amis auteur avec qui je m'entends immédiatement, et on commence à écrire *Pierre et fils*. Je suis toujours à jeun quand j'écris. La coke m'enlève mon talent et mon inspiration. Donc pas de rechute pendant l'écriture, c'est un peu de sursis. Je commence à avoir du temps pour moi, à pouvoir donner des rendez-vous que je tiens. J'arrête tout une nouvelle fois pendant quatre mois. Ça m'emmerde ces rechutes, mais je peux encore les cacher. Ça ne me perturbe pas vraiment. « Ce n'est pas grave. » Quand on lit le *Big Book* des Alcooliques anonymes, c'est exactement ainsi que la drogue fonctionne. On s'arrête un moment, puis on rechute un petit peu, mais « ce n'est pas grave ». Eh bien si, c'est grave !

Le mal va vite reprendre possession de ma vie, parce que je ne me fais pas aider, tout simplement. *Pierre et fils*, c'est vraiment un coup d'éclat car Pierre Richard reste une idole pour au moins deux générations. « *Oui, mesdames, messieurs, Pierre Richard est à côté de moi sur scène.* » C'est mon côté province qui me fait dire : « *Quand même, tu te rends compte ?* »

J'ai de la chance d'être avec des gens formidables, mais j'ai l'impression que mon talent est transparent. Je ressemble à Forrest Gump que l'on retrouve à côté de gens célèbres. Le milieu voit un mec qui cherche à se faire remarquer à tout prix. Il ne voit pas l'artiste. Mon talent, c'est d'avoir du bol. Ça me sidère. Mais ce qui me sidère le plus, finalement, c'est de me rendre compte de ce que signifie cette pièce, *Pierre et fils*. Je joue un homme marié et je suis bisexuel sans que ma femme le sache. Mon père revient après plusieurs années d'absence et je finis par lui avouer mon homosexualité… Des années plus tard, je me dis : « Putain ! Je me suis payé le fantasme de faire revenir mon père et de lui parler. » Le plaisir de jouer avec Pierre Richard a occulté le fond de la pièce. Moi qui suis tout le temps dans le contrôle, je trouve cet inconscient incroyable.

Je joue avec Pierre Richard, c'est génial. Lui aussi a été solide, parce qu'il y a des soirs où j'arrive en très petite forme. Les fameuses rechutes…

« *Pardon Pierre, hier j'étais un peu fatigué.*

— *Oui, oui, tu étais fatigué comme un Polonais !* »

Mais il m'aime. Il a peur pour moi car il a des amis autour de lui qui sont dans la même situation que moi. J'adore jouer avec lui. On s'engueule souvent. Il est de gauche, je suis de droite. Enfin, pas tout à fait. Pour lui si, mais pour moi non. Je ne suis d'aucun bord mais c'est l'époque où Nicolas Sarkozy a un ascendant sur moi. Un ascendant politique et paternel. Étonnant, cet homme : d'instinct, il sent la faille et sait immédiatement ce qui vous manque affectivement. C'est un charmeur redoutable.

# 9

À l'époque, 2005-2007, Nicolas Sarkozy est ministre de l'Intérieur. Je l'avais contacté quelques années plus tôt alors qu'il était maire de Neuilly, abandonné de tous parce qu'il avait soutenu Édouard Balladur à la présidentielle contre Jacques Chirac, finalement élu président. Je l'avais trouvé courageux lors de l'affaire Human Bomb : en mai 1993, un mec armé d'explosifs tient en otages les enfants et le personnel d'une école maternelle dans sa ville. Sarkozy avait fait son boulot de maire en essayant de négocier avec lui.

En 1995, après l'élection de Chirac, je l'imagine se morfondre dans son bureau. Les tapisseries de Neuilly, ce ne sont pas les ors de la République ! Il est 10 heures du matin, je n'ai pas dormi de la nuit, plus personne ne veut coucher avec moi, je suis coké, donc pas fatigué. J'appelle le standard de la mairie. Je n'ai peur de rien. Un des effets de cette foutue drogue.

*« Bonjour, je voudrais parler à Nicolas Sarkozy. »*

Une voix féminine me répond. La standardiste de la mairie.

*« Il n'est pas là. De la part de ?*

*— Pierre Palmade. »*

Le succès fait toujours son petit effet.

*« Ne quittez pas. »*

Et j'entends la voix de Nicolas Sarkozy :

*« Oui Pierre, qu'est-ce qu'il y a ? »*

À tu et à toi, on a parlé pendant une heure. Je ne le connaissais pas. Il s'en est souvenu et quand il a été ministre de l'Intérieur, il a continué à me prendre au téléphone.

Je l'appelle beaucoup lors de mes matinées fatiguées. Sous coke on peut donner l'illusion d'être à jeun au téléphone et du coup j'évoque avec lui des idées qui me tiennent à cœur. Quand je ne sais plus quoi faire le matin, j'imagine plein de projets de loi. Si, si. Quand vous avez fait la bringue, que vous avez pris des produits, et que vous n'avez plus de partenaire sexuel, certains se morfondent. Moi, j'ai le cerveau qui carbure.

À une époque j'appelais Marlène Jobert aussi. Juste pour entendre sa voix légendaire. Je lui faisais croire que j'avais des idées de films pour elle. Il était en général 9 heures du matin et je voulais relancer la carrière de Marlène Jobert au téléphone ! Elle a fini par me griller. Nous sommes amis depuis.

Mes projets de loi ne sont pas forcément cons. Je veux notamment qu'on interdise aux gens qui sortent de prison de devenir célèbres. Beaucoup de petits voyous se disent : *« Je vais monter une escroquerie, faire une connerie, en prendre pour deux ans, mais après je fais un film, j'écris un livre et passe chez Mireille Dumas.* » Je trouvais qu'on narcissisait parfois trop le délinquant. Je raconte donc ça à Sarkozy. « *Oui, je comprends.* » Il est un peu interloqué. C'est grisant, tout de même. Moi, drogué, je parle au ministre de l'Intérieur. Un autre jour, je l'appelle alors que la veille, je m'étais fait insulter dans la rue par un groupe de jeunes Arabes. Je me suis demandé pourquoi on n'apprendrait pas l'arabe à l'école. Qu'est-ce qu'on nous emmerde avec l'allemand et l'espagnol ? J'appelle donc Sarkozy, après avoir pris mon cinquième gramme.

« *Pourquoi on ne met pas l'arabe en langue vivante au lycée ou au collège, monsieur le ministre ? Je voudrais comprendre ce qu'on me dit quand on m'insulte. Et surtout répondre.* »

Et là, il se met à rire.

« *Excusez-moi, Pierre, mais j'ai un conseil des ministres dans pas longtemps. Je dois vous quitter.* »

Je pense que c'est là qu'il a commencé à comprendre que je n'étais pas tout à fait dans mon état normal quand je l'appelais.

L'arabe, c'est tout de même la deuxième langue la plus parlée en France, non ?

Parfois, ça va trop loin avec Pierre Richard parce qu'il n'est pas si de gauche que ça et moi, je ne suis pas si de droite. Un jour, on monte sur scène tous les deux, en banlieue, à Sarcelles. Alors que nous nous préparons dans la loge, Pierre me lance mi-goguenard, mi-sérieux :

*« Ça va ? Tu n'as pas trop peur ? Il ne va pas y avoir trop de Noirs et trop d'Arabes dans la salle ? »*

Sa question me surprend, me choque.

*« Mais qu'est-ce que tu me dis, Pierre ? »*

Il se marre. Ne répond pas. Ça me trouble. Sur scène, je bégaye un peu, je perds mon texte. À la fin de la représentation, je viens le voir : *« Pierre, ça va trop loin, notre jeu. Ça m'amuse de faire le mec de droite qui aime bien Sarkozy, mais tu vas trop loin. »* Il faut dire que je n'ai pas été forcément très malin. Quelque temps plus tôt, Cécilia m'appelait pour me demander un service pour l'un des meetings de son mari, alors en campagne présidentielle :

*« Est-ce que vous voudriez bien être filmé et faire un petit coucou, dire "Bravo Nicolas" ? »*

Je suis étonné et flatté.

*« Mais ça ne veut pas dire que je suis de droite, Cécilia ?*

*— Non, non, ça reste entre nous, c'est juste pour la réunion de Nicolas. »*

Tu parles ! Me voilà tout à coup labellisé sarkozyste. Marc-Olivier Fogiel, qui à l'époque a pignon sur rue, me dit en direct à la télé : *« Donc vous êtes maintenant pro-Sarkozy ? »*

Je me fais insulter dans la rue. Les sarkophobes sont très violents. Ça ne m'a pas plu du tout. J'ai écrit une lettre à Sarkozy : *« Pierre aime bien Nicolas mais Palmade ne peut pas aimer Sarkozy. Je veux me faire aimer de tous les Français et vous, vous ne vous ferez aimer que de la moitié. Je ne peux pas avoir vos ennemis comme ennemis. Donc je n'irai pas plus loin et je ne serai pas avec vous pour la présidentielle.* » Il m'a répondu : « *Merci pour cette honnêteté.* » Mais le mal était fait. Et depuis, madame Wikipédia rabâche régulièrement que j'ai milité pour Sarkozy.

Le soir de son élection, Jean-Marie Bigard m'appelle : « *Viens ! On va à la Concorde !* » C'est là que sont réunis les soutiens du nouveau président. « *Sûrement pas !* »

J'ai toujours trouvé que c'était plus violent de crier : « *On a gagné !* » quand on était à droite que quand on était à gauche. Dans l'inconscient collectif, la gauche c'est les opprimés et la droite les oppresseurs, donc, qu'ils aient la victoire modeste !

N'empêche que Nicolas Sarkozy a un ascendant paternel sur moi. Je rêve de lui : il m'offre un ministère pour me surveiller, pour vérifier que je ne prends pas d'alcool ni de drogue. Il est mon père, mon tuteur. Il y a chez moi un gamin qui va là où il se sent aimé et il y a un adulte qui dit : « *Attention ne va pas trop loin !* » Mais parfois un peu tard.

Je n'ai jamais compris la droite et la gauche. Pour moi, les hommes politiques ne sont pas de vraies personnes, il y a un manque de sincérité total donc je ne les comprends pas. C'est comme un bruit de fond. Ce qui est dangereux, parce que je peux écouter les extrémistes s'ils sont sincères. Ça ne me les rend évidemment pas attirants mais je peux les écouter. Selon ceux qui parlent, si je les trouve intelligents, je me situe une fois à droite, une fois à gauche, parfois au centre. Pas facile.

Avec Pierre Richard, que j'appelle papa sur scène, je me fais ma thérapie discrètement. La pièce est un succès. Line Renaud me dit : *« Écris-moi une pièce. Je n'ai peut-être que quelques années à vivre encore. »* Tu parles, elle va nous enterrer tous ! C'était il y a dix ans. J'écris *Fugueuses* avec Christophe Duthuron pour Isabelle Mergault et elle. Nous en sommes à la moitié de la pièce lorsque Line réussit à me dire qu'elle va être malheureuse avec Isabelle et qu'elle a besoin de jouer avec quelqu'un qui l'aime. Elle insiste pour que j'aille voir Muriel avec qui elle s'entend très bien. Je fais alors le pire coup de crasse de ma vie et j'appelle Isabelle, penaud :

*« Excuse-moi, Isabelle, je ne sais pas comment te le dire mais Line veut jouer avec Muriel. »* Isabelle a alors cette phrase incroyable digne d'une auteure de théâtre qu'elle est d'ailleurs :

*« On ne peut pas ruer quand on se fait empaler. »*

C'est violent. Elle m'a pardonné, depuis. J'ai crucifié ma pauvre Isabelle, qui aurait été formidable dans cette pièce. Mais l'amitié entre Muriel et Line est incroyablement forte. *Fugueuses* est un succès, aussi parce qu'elles sont sur scène. Chaque fois que j'écris avec Muriel, son talent est tellement immense que je suis un peu dans l'ombre. J'ai l'impression d'être uniquement un catalyseur. C'est toujours compliqué. Le génie de Muriel prend tout. Même chose lorsque vous regardez un film avec Louis de Funès : personne ne s'intéresse à la personne qui a écrit le scénario et les dialogues. Il peut tout dire, il est tout le temps drôle.

Oui, d'accord, cher Louis, mais il y a quand même un texte et un auteur derrière…

Parfois, le talent, c'est écrire simple. Ce que fait Jean-Loup Dabadie, l'une de mes idoles. Ce n'est ni Guitry ni Audiard, il n'y a pas d'effets de manches ou de mots d'auteur. Mais Romy Schneider dit « je t'aime » au bon moment à Yves Montand dans *César et Rosalie.* Dabadie écrit invisible. C'est magnifique. Parfois, je me dis : « Merde ! d'accord, mon texte est simple, on n'entend pas des mots d'auteur – pas trop – mais j'ai quand même bien cerné le personnage, j'ai bien servi l'actrice ou l'acteur. » J'ai ainsi réussi à faire renaître Pierre Richard au théâtre. Je tape juste. Voyez les scènes du *Grand Restaurant* 1 et 2, l'émission de télé pour France 2 : ce sont des jolies fables. Tout le monde ne remarque pas cette qualité d'écrire, mais je vois bien que j'existe dans le paysage et que le temps fait son œuvre pour moi.

Je cherche toujours à plaire aux gens qui ne me connaissent pas ou qui ne m'aiment pas. Je ne veux pas me contenter de ceux qui m'aiment. Je veux me surprendre. Pierre Richard me redonne le goût du théâtre. La « troupe Palmade » prend forme. Je rencontre Anne-Élizabeth Blateau, Arnaud Tsamere, Alex Lutz. Je suis un peu amoureux d'Alex. Même très amoureux. On a le même humour, lui aussi a traîné dans les jupes de Sylvie Joly. France 3 me propose une émission : *Made in Palmade.* Je prends les meilleurs de ma troupe : Sébastien Castro, Arnaud Tsamere, Alex Lutz, Anne-Élizabeth Blateau… Ils sont inconnus, à l'époque, aujourd'hui, ils font salle pleine. La chaîne m'impose de monter un concours entre les humoristes quand, moi, je veux juste qu'ils passent avec leur sketch à la télé pour que les téléspectateurs reconnaissent leur talent. C'est l'époque de *Star Academy* et je dois saquer les gens de ma troupe. Ça n'a pas marché. Échec total. Comme si on me rendait ma copie : nul. J'ai été violemment vexé. D'autant plus que mes petits, je les protégeais et je savais qu'ils étaient surdoués.

Je vis très mal ce moment. J'ai foutu mes huit comédiens dans une situation d'échec.

Je décide alors d'écrire une pièce qui, je me le jure, va marcher. « Je vais la jouer, je vais la jouer avec eux et je vais faire un carton qui prouvera qu'ils ont du talent. » Je veux les venger, je veux les sauver. Maintenant, il faut trouver un sujet. C'est simple, je vais jouer… Moi ! Un humoriste homo.

Ce sera *Le Comique*. Il y aura des audaces, de la transparence, la drague sur Internet, la différence d'âge entre moi et mes amants. La seule chose que je m'interdis, c'est de parler de la coke. Mais uniquement pour des raisons dramaturgiques : la coke, le public n'en connaît pas forcément les effets, il sait juste qu'elle se prend par le nez. Fumer un joint, c'est drôle, prendre une ligne, c'est gênant. Et puis je suis là pour écrire une pièce de Boulevard. Donc, le mec, moi, il boit et il se tape des mecs, mais je ne veux pas que ce soit embarrassant. Je suis de l'école Maillan. Mes pièces, aussi transgressives ou transparentes soient-elles, je ne veux pas qu'elles dérangent le public venu pour se distraire.

Il existe un film extraordinaire, *Torch Song Trilogy*, l'histoire d'un type qui parle de son homosexualité sur un ton léger. Je l'ai vu des dizaines de fois et je l'aime toujours autant. Ce film m'inspirera le ton du *Comique*. J'envisage que cette pièce va me couper définitivement d'un public populaire. Je crois en cette histoire mais j'ai peur d'aller dans le mur ; tant pis. Je vais tout dire mais je vais faire en sorte d'être drôle. Ça va être déroutant parce que le public va rire et se dire : « *Mais bon sang ! Qu'est-ce qu'il raconte ?* » C'est un pari. Et ce sera un pari gagnant.

Désormais je ne me cache plus sur scène derrière des personnages, je suis moi-même. C'est trash, ça parle cul. Quand la pièce démarre, je vire de chez moi un escort-boy.

C'est un jeu de miroir entre mon personnage et moi. Me voilà en train d'écrire le moment où ce comique se retrouve tout seul : il drague les mecs sur Internet, il les baratine. Et moi, dans mon appartement, je fais la même chose, du baratin aux mecs. Je suis un séducteur compulsif. L'idée de jouer moi-même me grise car je sais que je vais savoir le jouer. Je ne me demande plus si je suis bon comédien ou pas.

Ce qui va être compliqué, c'est d'affronter *Paris Match* pour la promo de la pièce. L'homosexualité, je le vis à l'époque comme une maladie, et la rédaction du journal veut mettre cette phrase sur la couverture : « L'homosexualité comme une maladie. » Moi qui aime les phrases choc et provoc… Pourtant, je refuse. La phrase est uniquement dans l'article, pas en Une. Sinon, je me faisais laminer. Mais dans *Le Comique*, on sent bien que je ne suis pas content d'être homo.

Oui, il y a un homophobe en moi. Un mec très vieux jeu qui a certainement entendu dire des conneries sur l'homosexualité quand il était petit et qui les croit. Il serait temps qu'il disparaisse celui-là…

Je pense que dans mon fantasme de plaire à tout le monde, j'ai longtemps eu l'envie de plaire aux homophobes. J'ai compris, il n'y a pas si longtemps, que les homophobes ne m'intéressaient pas. Qu'est-ce que j'en ai à foutre d'aller guérir des homophobes ? Car c'est eux les malades ! Pourquoi chercher à convaincre un connard ? Là, je commence à me calmer. C'est épuisant de convaincre.

Mes comédiens adorent les rôles que je leur donne. Et moi, j'adore être avec eux. On décide de créer La Troupe à Palmade. Mais au même moment, les rechutes me minent, elles sont de plus en plus sévères. Tout se trouble, tout se mélange, la vie et la scène. À 17 ou 18 heures, je n'ai toujours pas dormi de la veille et je suis toujours en train de faire la bringue chez moi : alcool, coke et sexe. Et tout d'un coup, je me dis : « *Merde il faut aller jouer !* » Donc je monte sur scène dans cet état-là pour jouer *Le Comique*. Première scène : mon personnage sort d'une nuit de bringue. Ça n'a jamais été aussi facile à jouer.

Une fois, je suis allé trop loin. Je ne dormais plus depuis

trois jours. Lever de rideau : première scène, deuxième scène… Je sors de scène. « *Il faut appeler une ambulance.* » On m'a emmené à l'hôpital directement. Pour que je demande une ambulance, il faut vraiment que je sois au bout du bout.

Finalement, je serai nominé aux Molières pour la pièce. Un autre comédien, Sébastien Castro, sera aussi nominé dans un second rôle. Édouard Baer m'a dit : « *Mais comment tu peux raconter tout ça ?* » J'adore l'épater, Édouard, parce que je l'admire. Cette pièce a donné envie à beaucoup de gens de mettre en scène leur vie. Laurent Ruquier a commencé à raconter et à mettre en scène des choses personnelles. Cette pièce a marqué des artistes de ma génération. Bruno Salomone m'a dit : « *Waouh ! En fait tu t'es écrit ton biopic !* »

Dire autant de choses intimes est important pour moi. D'autant que je le fais façon théâtre de Boulevard. Avec légèreté. Comme Jean Poiret. C'était essentiel pour moi de ne plus être double en secret. De montrer le personnage sombre et à la dérive qui vivait derrière l'humoriste joyeux.

La pièce est aussi un peu un hommage à mon assistante, Claudine, cette femme exemplaire, cet ange gardien qui a travaillé à mes côtés pendant vingt-trois ans.

Je suis très étonné que le public populaire vienne voir *Le Comique*. Je pensais que tous les hétéros allaient me juger et me rejeter. Je me rends compte qu'en fait les gens aiment l'honnêteté. Ils s'en foutent de ce que vous dites du moment qu'il y a un ton personnel et un souffle de franchise.

Je commence à me dessiner une nouvelle identité. À 40 ans. C'est chouette. Il y a une tournée, la pièce marche et marque l'époque. J'affine mon style : utiliser la forme du Boulevard pour traiter des sujets dramatiques, trash, ou transgressifs. Voilà la marque de fabrique Palmade.

Je commence à imaginer que je vais faire ça de plus en plus : dire la vérité, ma vérité, et tant pis si je perds une partie de mon public. Vouloir plaire à tout le monde est impossible. Je le sais, maintenant, alors que j'ai voulu croire le contraire pendant très longtemps.

D'ailleurs aujourd'hui, c'est aussi grâce à mes ennemis et à mes détracteurs que j'écris. Ne serait-ce que pour les agacer encore plus. Vous m'avez donné pour mort ? Vous allez voir !

Le long fleuve à remonter n'est pas vraiment tranquille. J'ai mis un temps fou à me rendre compte que j'ai une sensibilité atypique. La vie pousse à vous faire rentrer dans le rang, alors que votre place est sans doute ailleurs. Oui, j'ai longtemps cherché une place qui n'était pas là où je l'imaginais. J'ai voulu être Jacqueline Maillan, j'ai voulu être Sylvie Joly, j'ai voulu être mon père. J'ai essayé plein de costumes avant de trouver le mien. Quand il n'y a pas de place à table, il faut du temps pour comprendre que c'est à vous d'apporter votre chaise.

# 10

Depuis *Le Comique*, ce que j'écris ressemble à un testament. C'est glaçant et un peu mégalo, mais c'est vrai. À chaque fois que je suis à mon bureau, devant l'ordi, cette pensée me traverse l'esprit : « *Si je meurs, il faut que tout ait été dit sur moi.* » Je dis ma vérité de peur que quelqu'un d'autre ne le fasse à ma place. Je pense avoir raconté beaucoup de choses dans *Le Comique* et puis plein d'autres dans l'album de chansons que j'ai sorti en 2013. Cet album, qui s'appelait *Interdit aux moins de 30 ans*, n'a d'ailleurs pas du tout marché et ça m'énerve parce que tout y est vraiment dit. Avec humour en plus.

Peut-être qu'il se vendra après ma mort, un peu de patience.

Dire la vérité est un mélange d'honnêteté infantile et de provocation malicieuse. Et pour moi, c'est un besoin : tout dire.

Certains font rire en disant du mal des autres, moi c'est en disant du mal de moi.

Il y aura toujours des gens pour penser que je cache encore plein de choses alors que je suis tout nu. Dans mes interviews, dans mes spectacles et dans ce livre. Tout nu, comme sur la pochette de mon album de chansons.

Téléchargez-le par curiosité, ça vous plaira forcément si vous avez acheté ce livre.

À la réflexion je crois que c'est le testament d'un certain Palmade qui est en train de mourir. Symboliquement bien sûr. Quoique, physiquement j'ai souvent été à deux doigts.

Quand j'avais 40 ans, j'avais la peur de ne pas dépasser les 50 avec toutes ces rechutes. Je me préparais même à disparaître au beau milieu d'une partouze un dimanche matin…

Mais aujourd'hui, j'aimerais bien encore vivre deux ou trois trucs et guérir de mes addictions. Plutôt que comme James Dean, je voudrais finir comme Jean Marais. Plutôt très vieux et plutôt en forme. Je me fixe cet objectif-là. J'ai eu la chance de dîner une fois avec lui. Un vieil homme magnifique, barbe de sage, regard doux et rieur. Il a 80 ans qu'il porte magnifiquement. Il y a du monde à table et à la fin de la soirée, nous échangeons quelques mots. Encore mon côté midinette. Le Capitan, Lagardère et Fantômas ! À la fin, il regarde autour de lui et me lance : « *Moi qui ai toujours aimé les mecs plus vieux que moi, j'ai de plus en plus de mal à en trouver.* » J'ai beaucoup ri.

Je suis obsédé par la postérité. Françoise Sagan avait

peur que sa vie soit plus croustillante que son œuvre. J'ai les mêmes craintes.

Cette postérité passera peut-être par la transmission.

À ce propos, et même si je l'ai un peu évoqué précédemment, je voudrais davantage raconter l'aventure de La Troupe à Palmade et des comédiens qui en ont fait partie. Ils le méritent.

Pendant que *Si c'était à refaire* fait un tabac en salle, alors que ma vie d'homme sobre me laisse du temps pour réfléchir, j'ai l'idée de monter une troupe de jeunes comédiens dont je pourrais m'occuper. Poussé par mon esprit mégalo, j'imagine d'abord de créer une école, du genre *Fame*, le film. Un truc à l'américaine. Je me rends vite compte que c'est compliqué. Mais je sais que j'ai envie d'être prof, de m'entourer d'humoristes débutants, de transmettre ce que je sais.

L'humour, c'est comme la musique, il y en a qui préfèrent le jazz ; d'autres, le classique ou l'électro. Moi, je n'aime pas l'humour méchant, qui se moque de quelqu'un quand il n'est pas là. J'aime l'humour basé sur l'imagination, l'observation, la folie, et sur une technique de Boulevard que je connais bien. Ça va peut-être vous surprendre mais il existe beaucoup de comédiens qui ont été bercés par Jacqueline Maillan alors qu'elle aurait pu être leur grand-mère ou leur arrière-grand-mère. Camille Cottin, Arnaud Tsamere, Anne-Élisabeth Blateau, Benoît Moret, Sébastien Castro… et trente autres encore avaient en commun ce sens de la comédie.

Ils viennent « en cours » une fois par semaine, au Point-Virgule. « *Qu'est-ce qu'on fait ?* » Bonne question. Je veux justement tout faire : je leur donne des textes, ils sont de simples exécutants. Et ça m'épuise. Donc j'arrête. Mais j'ai le temps de faire avec huit d'entre eux *Made in Palmade* sur France 3. Échec. Je suis humilié. Et surtout triste pour eux. J'ai l'impression de leur avoir fait un sale coup. Rideau. Je leur suis redevable.

Du coup, comme je vous l'ai raconté, j'écris *Le Comique*. Pour eux. Et voyant comme je les aime, très vite ils me disent : « *Pierre, s'il te plaît, remets sur pied La Troupe, mais cette fois, tu nous laisses écrire. Toi tu nous dis juste ce que tu en penses. Trois heures d'attention par semaine c'est déjà formidable. Tu nous regardes alors que personne ne le fait dans ce métier, parce que nous ne sommes pas connus.* »

Ce compliment me fait très plaisir. Je sais deviner chez les gens le diamant qui ne brille pas encore. C'est un don, j'ai un truc. Même en privé ! Mes petits copains me le disent : « *Tu valorises les gens.* » Je ne le crie pas sur les toits car je suis assez humble sur cette partie de mon talent, mais tous ces jeunes acteurs me le déclarent les yeux dans les yeux : « *Tu nous as aidés.* » Et ils m'en remercient. C'est tout ce qui compte pour moi. J'adore le mot « merci ».

Ce qui est compliqué quand on débute c'est qu'on imite souvent ses idoles ou d'autres artistes célèbres. Je suis bien placé pour le savoir, moi qui ai imité Maillan et Joly très longtemps. On n'ose pas être soi-même, on ne se trouve pas assez intéressant, alors on se range derrière certains tics qui nous rassurent. Et moi je leur enlève ces tics, je les amène à ce qu'ils sont vraiment et ils découvrent au fond d'eux des trésors de talent.

Donc la troupe se reforme au printemps 2009. Grâce aussi à l'aide financière de mon producteur et ami Pascal Guillaume, un homme qui aura toujours cru en moi et que j'aime infiniment.

Être prof, ça me plaît beaucoup plus que prévu. Et tout le monde accepte mon rôle dans cette troupe avec la discipline qui va avec.

Être prof ne consiste pas seulement à saquer, c'est aussi être enthousiaste, savoir féliciter : « *Putain, là tu m'as épaté !* » Le credo de la petite Mireille me revient à l'esprit : ne pas chercher la qualité technique, mais faire éclore la personnalité et le charisme.

Première séance, lundi après-midi au Théâtre de la Gaîté. J'ai préparé mon discours. Je suis sur scène, ils sont dans la salle. Contents de se retrouver.

« *D'abord, pour écrire vous n'avez pas besoin d'être auteurs. Vous allez chercher un moment de votre vie qui vous fait rire et vous allez le reproduire, ou juste vous en inspirer. Vous chercherez, vous vous tromperez, et puis vous trouverez. Et surtout, construisez-vous un personnage, proche de vous, qui vous ressemble. Un seul, ça suffit. Regardez Peter Falk, il a fait Columbo toute sa vie. Le mec a trouvé un personnage tellement riche qu'au lieu d'en changer, il a juste changé les histoires dans lesquelles il est. Vous avez vu le succès ? Les cours de théâtre vous poussent à jouer du contre-emploi. Je trouve ça nul. On ne va pas demander à Jacques Villeret de jouer les rôles de Belmondo. Ce n'est pas parce que c'est facile pour vous de faire certaines choses qu'il faut vous obliger à en faire d'autres.* »

Je signe toujours à 100 % cette déclaration.

Au début, on fait « club de théâtre » tous les lundis, sans enjeu, sans public. Pour Camille, pour Arnaud, pour Anne-Élisabeth, pour moi, pour nous. Pour s'entraîner. Pas de compétition. L'esprit d'une troupe qui travaille pour la beauté du geste. Ou quasiment. On bosse, on rit.

Le métier commence à entendre parler de nous. Le truc prend finalement une telle importance qu'il faut faire passer des auditions.

Un soir, je rentre de boîte avec un jeune mec de 25 ans, il s'occupe de moi et tout d'un coup, il relève la tête et me dit :

« *Alors ? Je peux rentrer dans ta troupe, maintenant ?* »

Je dessoûle immédiatement. Sa demande me choque et je deviens aussi saignant que vulgaire :

« *Pardon ? ! C'est comme ça que tu penses que ce métier fonctionne ? C'est comme ça que tu crois que je travaille ?* »

Et je lance :

« *Je peux te donner du sperme mais pas du talent.* »

C'est une repartie qui clôt vite le débat. La soirée se termine là. Le mec prend la porte – à défaut d'une baffe.

J'ai un tel respect pour mon métier que jamais je n'aiderais quelqu'un pour une coucherie. Jamais.

Heureusement, à côté de ce genre de crétin, il y a des

miracles. Comme Sarah Suco, qui déboule littéralement sur scène pour une audition, coiffée à la Diane Dufresne. Des cheveux partout. Une énergie, une présence, un talent, déjà. On connaît de plus en plus son visage maintenant qu'elle joue beaucoup au cinéma. Beaucoup de « mes » comédiens commencent à se faire connaître.

Camille Cottin, bien sûr, la « connasse » magnifique, héroïne de *Dix pour cent* à la télé. Arnaud Tsamere, qui remplit des salles, Fabienne Galula, Rémi Deval, Rudy Milstein, Joffrey Platel... Il y a aussi Anne-Élizabeth Blateau, Emma la rousse qu'on voit dans *Scènes de ménage* qui habite à la campagne avec Fabien son mec instit. Elle est extraordinaire. Pour moi, c'est la patronne. C'est l'une des premières à être arrivées dans la troupe. Elle va bientôt exploser, je le sais. Elle a une puissance comique hors du commun. Lors d'une séance de travail, je demande à Anne-Élizabeth et à Camille d'écrire un sketch dans une langue étrangère mais où on doit comprendre la situation. Résultat : *La Bavière,* visible sur YouTube. Je défie quiconque de ne pas rire.

Petit à petit, la bande crée des sketches tellement formidables que j'imagine élaborer des spectacles sauvages. À l'arrache. Sans rien dire. J'ai l'impression de revenir à l'époque où je montais sur une table au Tintamarre pour interpréter ce que j'avais maladroitement écrit. On joue deux ou trois semaines, les dimanches et les lundis : *Le Petit Restaurant*, *Cousins comme cochons*, *Les Frères*, *Les Flics*, *L'Entreprise*... La troupe du Splendid a dû vivre ce genre d'aventure… Notre bande a plutôt été un tremplin, un chaudron bouillonnant, un état d'esprit.

Cette troupe est magnifique. Je me sentais aimé comme un père. Pendant presque dix ans, tout de même. Ce sont eux qui disent peut-être le plus de bien de moi dans ce métier. Ils sont porteurs d'un joli Pierre. Je ne leur demande rien mais je sais qu'ils me défendent.

Et puis…

Il y a d'abord eu un hiatus avec le public qui pense que La Troupe à Palmade est un autre Jamel Comedy Club ou une bande à Ruquier bis, avec juste des humoristes qui font leurs sketches en solo. Alors qu'elle ressemblait davantage à ce que faisait Jérôme Savary ou Jérôme Deschamps, jouer des pièces à l'humour anglais parfois bouffonnes, en tout cas beaucoup plus exigeantes que beaucoup d'humoristes qui émergent par paquets de dix tous les jours sur le Net. Le nom de « Palmade » sur l'affiche n'a sans doute pas aidé à cerner ce qu'était cette troupe puisque je venais du one-man-show. Comme quoi… c'est dur de tordre l'image qu'on a.

En revanche, les spectacles ont de bonnes critiques dans *Le Monde*, dans *Télérama*, là où on parle rarement de moi d'habitude. C'est une belle victoire. Les journalistes aiment cette troupe qui n'a d'autre prétention que de s'amuser avec intelligence.

Mais ces enfants qui aimaient leur père sont aujourd'hui devenus des adolescents qui préfèrent aller voir hors de chez eux. Plus ça allait plus j'avais du mal à les réunir, car ils commençaient à beaucoup travailler et j'ai arrêté cette troupe.

Je le regrette un peu. J'aurais peut-être dû insister. Je suis très nostalgique de cette période.

Il reste l'amitié qui s'est créée entre nous. Et la grande majorité fait toujours ce métier. Pas forcément sous les lumières de la célébrité, mais ils bossent.

C'est d'ailleurs très déstabilisant quand un de ses « élèves » devient célèbre. J'en viens même à me demander si les parents qui ont des enfants célèbres ne sont pas aussi déstabilisés. Je pense à ma mère qui se dit : « *Mais c'est qui ces gens qui connaissent mon fils aussi bien que moi ?* » J'ai été perturbé par le succès de Camille Cottin ou d'Alex Lutz. Je m'en suis remis mais ça reste un mélange de plaisir et de jalousie.

Qu'est-ce que j'ai fait, après ? Michèle Laroque me remet le grappin dessus pour *Ils se re-aiment*, le troisième volet de la trilogie. Étant fâché avec Muriel à cause d'une vieille histoire de droits d'auteur, nous écrivons, Michèle et moi, le spectacle. Je fais ensuite un retour au one-man-show avec *J'ai jamais été aussi vieux*. Puis, j'écris pour Camille Cottin et Anne-Élizabeth Blateau, *Le Fils du comique*, la suite du *Comique*. L'idée de faire s'affronter ces deux comédiennes géniales m'excite.

C'est un truc assez gonflé, cette pièce : je mets en compétition deux femmes pour savoir laquelle mérite de faire un enfant avec moi. Je joue mon propre rôle, comme dans

*Le Comique*, les problèmes de boisson en moins. Dans la pièce, mon copain est gay efféminé alors que moi je suis homo masculin. Et je suis très méchant avec lui. Je n'arrive d'ailleurs pas à comprendre pourquoi en écrivant la pièce. C'est juste plus fort que moi. Et à la fin de l'écriture, je me rends compte que c'est l'histoire d'un mec, moi, qui regrette de ne pas être hétéro. Le dialogue de la scène finale est explicite :

Benjamin, mon copain : — *En fait, tu m'en veux d'être un homme.*

Moi : — *Peut-être.*

Difficile d'être plus clair, non ?

Les enfants, à l'époque, ça me travaille. J'ai failli en faire un avec l'une des comédiennes de la troupe, d'ailleurs. Attention, je ne me tapais pas les gens de la troupe, c'était une exception. D'ailleurs un beau mec qui passait une audition avait beaucoup moins de chances d'être engagé. Pour que je sois sûr de ne pas le prendre pour son physique, et afin qu'il n'y ait pas d'ambiguïté, il avait intérêt à avoir dix fois plus de talent que les autres.

J'ai envie d'un enfant mais je me demande comment faire pour supporter les cris d'un bébé. Non seulement il faut que je trouve une fille qui accepte d'en faire un mais aussi qui puisse me dire : « *Oui, oui, ne t'inquiète pas, les huit premières années, je me charge de tout.* »

Un enfant, d'accord, j'en ai envie, mais ce qui m'intéresse, c'est qu'il marche, qu'il discute, qu'il pose des questions. Je ne lui demande pas de débattre sur l'état du monde ou de la scène comique française mais enfin qu'il puisse échanger un minimum avec son père, c'est-à-dire moi. Donc s'il débarque dans ma vie à 8 ans, c'est bien.

Quand j'en parle, je dis souvent 8 ans, je ne sais pas pourquoi. Enfin si, je sais très bien pourquoi : j'avais cet âge-là quand mon père est mort. J'ai envie de reprendre la conversation là où elle s'est arrêtée avec lui.

Je verrais bien mes enfants courir dans le jardin de ma maison de campagne. Jouer avec les chats. Faire les idiots dans l'herbe. Et rentrer boire un chocolat. Si j'ai un compagnon très désireux d'être père, s'il me promet d'être présent alors que moi je n'en suis pas si sûr, alors d'accord. S'occuper du nombril d'un petit bout et plus du sien, ça doit être sympa. À 50 ans, il faudrait que je me dépêche.

J'en ai envie mais j'ai peur. Et je serais embêté d'avoir une fille. J'aurais peur qu'elle ne soit pas très belle. On ne dit jamais à une fille : « *Plus tard, pense à être drôle pour plaire aux garçons.* » On le dit à un garçon. À une fille, on lui dit d'être belle. Depuis peu, on lui dit d'être intelligente, et c'est heureux, mais jamais d'être drôle. Je voudrais que mes enfants aient de l'humour et si c'est une fille, je ferai tout pour qu'elle soit drôle. Tant pis pour les cons.

L'humour est un excellent moyen pour se lier intellectuellement avec l'autre mais je ne me rendais pas compte à quel point c'est une arme érotique. Carole Bouquet m'a souvent dit : « *Mais Pierre, arrête de te demander si tu es beau ou pas ! T'es plus drôle que les autres, c'est ça qui fait ton charme !* » Pour moi, il n'y avait que le physique qui donnait envie de coucher avec quelqu'un. Quand j'étais jeune, j'étais presque beau et donc presque moche. Ça m'emmerdait vraiment. « Merde ! Mon nez est un peu trop grand, ma bouche est un petit peu enfoncée... Putain ! À ça près, j'étais Patrick Juvet et David Bowie réunis ! » Mais je m'en sortais en étant drôle et je couchais. Je ne m'en suis pas rendu compte tout de suite.

J'ai trop misé sur la beauté esthétique. Ce qui m'a d'ailleurs privé de tomber amoureux de gens qui sont plus drôles que beaux. Sauf une fois. Je suis chez des amis en vacances et je vois un mec très moche. Je me fais alors la réflexion : « Mon Dieu ! Même s'il ne restait plus que lui sur la planète, je ne coucherais pas avec lui. » C'est horrible de penser ça. Mais très vite, ce garçon me fait rire, on se comprend à demi-mot, il finit mes phrases. Et tout d'un coup, au bout de quatre jours, j'ai envie de coucher avec lui. C'est fou ce que l'humour érotise. Rire avec quelqu'un, c'est voir la vie de la même façon.

# 11

Extrait de la chanson *Un homme amoureux* sur l'album *Interdit aux moins de 30 ans*, l'histoire d'un homo attiré par un hétéro, plutôt branché sport, qui, lui, n'a pas les mêmes sentiments : « *Alors pourquoi il me dit que notre amitié, il la trouve pas banale / Juste un mot de lui, juste un mot je m'étale / Et du stade de foot on passe au stade anal…* »

Une rime riche, non ? Elle m'amuse beaucoup et j'adore mélanger ma finesse avec de fulgurantes grossièretés. Savoir être cru quelques secondes et redevenir subtil.

Ce n'est que ça cet album.

En 2007, alors que je finis l'écriture du *Comique*, je suis un peu intrigué par ma sexualité qui prend différentes formes : jeux de soumission, de domination, jeux coquins, et parfois cochons. Rien de pervers, mais je suis très imaginatif pour faire dans la litote.

Séance chez le psy. Une femme, cette fois. Je ne suis pas loin d'avoir épuisé l'annuaire de la profession. Je me lance :

« *Je ne sais pas trop où j'en suis côté sexe. Je vis le sexe sans amour et ça me rend coupable. D'autant que je prends plaisir aux jeux érotiques. Je deviens bizarre ou quoi ?* »

Elle sourit.

« *Mais non, le sexe est un jeu entre adultes consentants. On a le droit de jouer à tout. Passer par la porte, par la fenêtre, aller sous la table, s'habiller en Père Noël ou en prostituée. Personne n'est obligé de faire comme dans* Autant en emporte le vent, *dans la pénombre et sur le lit.* »

Bon sang, elle a raison ! Cette réflexion me libère. Il ne faut pas uniquement faire l'amour avec sa femme, il faut aussi baiser avec sa femme. Se sentir libre de lui lancer : « *Suce-moi, salope !* » très gentiment. Puis lui dire : « *Tu m'excuseras chérie, c'était pour le jeu.* » Mais c'est un jeu qui fait du bien.

En sortant de chez la psy, je sifflote trois notes dans la rue et commence à imaginer un texte sur les délires sexuels en couple. Je me lâche et j'écris *L'Amour cochon* comme une chanson : « *On va jouer au sexe / Interdit aux moins de 30 ans / Faire tout sans complexe / Du cul à la place des sentiments.* »

C'est ce que je fais depuis un bon moment dans la vie, et cette fois je m'en amuse.

« *Allô Bruno, c'est Pierre. Je t'appelle parce que j'ai écrit une chanson assez drôle sur le cul. Je crois qu'elle est pour toi. Ce serait sympa si tu la chantais.* »

Bruno, c'est Bénabar. J'aime sa façon de raconter le

quotidien en mettant des coups de loupe sur des détails hallucinants. Au téléphone, je lui chantonne mon tube maladroitement.

« *C'est bien, Pierre, mais chante-la toi ! Ce sont tes mots, tes rimes, ta façon de voir les choses. Et, surtout, c'est toi !* »

Aussi bien qu'un psy Bruno. Et moins cher.

J'appelle François Bernheim, un très bon copain. Et un excellent compositeur doublé d'un non moins excellent directeur artistique. Il a notamment composé la musique de *Mon mec à moi* de Patricia Kaas et du film *Tandem* de Patrice Leconte. Il a surtout commencé sa carrière avec Véronique Sanson ! C'est lui qui me pousse à écrire tout un album, alors que je suis réticent.

Mais je me lance parce que je vais bien et que tous les aveux que je viens de faire sur scène, à la télé, chez Mireille Dumas, ou dans la presse ont libéré un petit morceau de Pierre.

Le ton de ces chansons est celui que j'ai avec mes amis. La musique permet aussi de prendre un peu de distance, d'y mettre de la légèreté, et même de l'émotion.

Les paroles de *Tu es une fille* résument parfaitement la situation : « *Tu me comprends tu me mens comme j'aime / Tu me pardonnes me désires et ça j'aime / Jamais de fautes aux textos et ça j'aime / Alors pourquoi je réponds rien à "je t'aime" ? / Parce que… / Tu es une fille, tu as des seins et moi au lit je préfère Alain / Mais que c'est bête à quoi ça tient / Une quéquette c'est trois fois rien.* »

Les orchestrations sont simples, un peu à la Montand. Ça me va bien. Je ne suis pas un chanteur à voix ; je ne suis pas un chanteur du tout.

L'album sort en septembre 2013 mais il n'est pas question une seule seconde de faire de la scène et de m'embarquer sur les routes avec des musiciens. L'idée de chanter pendant une heure vingt devant les gens, je ne peux pas. Ces chansons ressemblent à des lettres trop indécentes. Tout ça est trop au premier degré. Impossible.

Dans *Le Comique* et *Le Fils du comique,* il y a ce genre d'humour cru, mais c'est dans une pièce de théâtre. Je sais jouer sur scène, je ne suis pas sûr de savoir chanter.

« Palmade ? Il fait des chansons sur le fait qu'il est pédé ? Et alors ? »

Ce disque, que j'adore vraiment, n'a pas marché. Je reconnais ne pas m'être forcément investi dans la promo. D'abord parce que je n'assumais pas totalement ce que j'avais écrit, ensuite parce que la critique n'a pas été tendre : « C'est quoi cette connerie de disque ? » Fermez le ban.

Les échecs. Inévitables et parfois indispensables. Mais pas très amusants à affronter. Certains spectacles dont je ne suis pas fier ou que je n'ai pas trouvé aboutis ont été des succès. Comme quoi, les déceptions ne se comptent pas au nombre de fauteuils occupés. *Pièce montée* écrit pour Jacqueline Maillan n'était ni fait ni à faire. J'étais trop jeune. *Ma sœur est un chic type*, que j'ai jouée avec Dominique Lavanant, n'étais pas très réussie non plus. J'en ai repris l'ébauche pour *Paprika*, avec Victoria Abril, et le résultat tenait beaucoup mieux la route en 2018. *Made in Palmade* sur France 3 : échec cuisant. Mais j'ai eu ma revanche avec *Le Grand Restaurant* sur France 2. Un carton d'audience. Une aventure démente.

Et j'oserai en faire un deuxième qui aura le même succès.

Je plais au public âgé et ce public-là me plaît. Il m'a aimé dès le début. Les vieux sont rock'n'roll, ils en ont vu, ils sont rarement choqués. Ils me prennent en affection et moi je ne les prends pas pour des idiots.

En revanche, je n'arrive pas à plaire autant aux jeunes. Pour rire à mon humour, il faut avoir vécu un peu je pense. Mais je me console en me disant que les jeunes sont un public infidèle, et que je les aurai quand ils seront vieux !

Cela dit, quand je suis un peu plus trash, ils m'écoutent avec plus d'attention. Je sais par exemple qu'ils aiment *Le Comique*, quand il est rediffusé à la télé, parce que c'est gonflé et que ça parle de cul. Ils aiment le côté Gainsbarre. D'ailleurs, l'album les amuse aussi.

Ne pas essayer de plaire à tel ou tel public, ça je l'ai bien compris. Il faut offrir ce que l'on est au moment M. C'est toujours la sincérité qui prime, jamais le calcul. Quand on a voulu fêter les 20 ans d'*Ils s'aiment* en 2016, c'était un calcul. Et puis je n'avais plus envie de jouer les hommes mariés après tous mes aveux d'homosexualité. Je n'étais pas à l'aise.

Je ne donne pas tout à mon métier. Jacqueline Maillan, elle, ne vivait que pour le soir de la représentation. Victoria

Abril donne tout et les gens le sentent. Je serais beaucoup plus aimé et respecté si la bringue ne m'avait pas empêché de m'investir à fond dans ce métier. Si je n'avais fait que ça.

Artiste, c'est être hors des conventions. Un artiste se crée sa propre morale, ses propres limites. C'est quelqu'un qui ne regarde pas ce qui se fait et ce qui ne se fait pas. C'est quelqu'un qui ne comprend pas ce que c'est d'être adulte. Et l'enfant que je suis, comme dans une cour d'école, regarde avec méfiance et jalousie les autres gamins.

J'ai vu arriver tous les nouveaux, Gad Elmaleh, Alex Lutz, Jamel, Dany Boon, et je ne l'ai pas bien vécu. Gad et Franck Dubosc faisaient des salles énormes. Moi, j'étais clairement en dessous. Je parlais à un très grand public avec Michèle, mais tout seul je n'ai jamais réussi à franchir un cap. Les bulldozers du comique sont arrivés et ils m'ont dépassé. Peut-être que toutes mes confessions publiques n'ont plus fait de moi un artiste « tous publics ». Peut-être que je me suis reposé sur mes lauriers aussi… Peut-être que je suis moins drôle qu'eux… je ne sais pas.

Mais mon plus gros échec, c'est ma vie sentimentale et amoureuse. J'ai longtemps essayé de comprendre pourquoi j'ai été malheureux en amour. D'abord, j'ai l'obsession de la beauté, à tel point que je ne vois pas les qualités intellectuelles d'un homme. Seul m'importe le physique.

Je cherchais la perfection androgyne, les garçons aux cheveux longs m'affolaient. Et comme forcément ils sont plus nombreux à être comme ça à 25 ans qu'à 50, l'écart d'âge s'est creusé de plus en plus quand j'ai eu 40 ans. « *Palmade se tape des p'tits jeunes.* » Ça m'embarrassait beaucoup.

Cette phrase pue. Elle a des connotations perverses qui me dérangent. Foutez la paix aux différences d'âge ! Ma femme avait vingt ans de plus que moi et mes petits copains vingt ans de moins ! Et je vous souhaite autant de passions que j'en ai vécu !

Mais aujourd'hui, le temps fait son œuvre et ce désir de perfection n'est plus une priorité. J'aspire à rencontrer des hommes qui ont vécu, qui savent qui ils sont pour que nous puissions avancer en échangeant.

Le délire Jean Cocteau/Jean Marais me passe un peu.

Bref, pourquoi pas quelqu'un de mon grand âge !

Vous avez compris qu'à l'heure où j'écris ce livre je suis célibataire.

J'ai longtemps été complexé physiquement. D'ailleurs, lorsque j'étais inconnu, je trouvais les gens très gentils de vouloir coucher avec moi. Par contre, devenu célèbre, il était normal qu'on ait envie de se taper Pierre Palmade. J'en ai usé et abusé. Ce qui a parfois donné lieu à des situations aussi drôles que signifiantes.

Il est 5 ou 6 heures du matin, la soirée a été tellement festive que j'en ai oublié de draguer un type pour rentrer avec lui. Au moment où la boîte ferme, j'avise un garçon esseulé. « Ah ben voilà ! Ce sera lui ! » Pas de temps à perdre, plan S.O.S. urgence-drague.

*« Est-ce que tu veux rentrer avec moi ?*

*— Oui. »*

J'ai 24 ans, je suis en pleine ascension. Pierre Palmade, dans ma tête, tout le monde connaît. Dans le taxi, je lui demande :

*« Au fait comment tu t'appelles ?*

*— Éric. Et toi ?*

*— Comment ça "et moi" ? Tu ne connais pas Pierre Palmade ?*

*— Non. Je fais mes études à Londres depuis cinq ans. Pardon, je ne connais rien de ce qui se passe en France. »*

C'est sincère. Mais comment ce mec peut vouloir coucher avec moi, s'il ne sait pas qui je suis ?

On arrive chez moi, dans le salon. On est tous les deux d'accord pour aller au lit et qu'est-ce que je fais ? Je lui montre mes interviews avec Drucker, mes *Sacrée Soirée* chez Foucault, mes sketches... Ça dure une plombe, le mec n'en peut plus ! Il ne souhaite qu'un seul truc, qu'on s'envoie en l'air. Moi, je veux qu'il sache que je suis célèbre et avec qui il couche parce que je ne l'imagine pas vouloir passer la nuit avec moi pour mon seul physique. Finalement, on a couché ensemble. Tout s'est bien passé.

Une autre fois, je drague un garçon largement aussi saoul que moi au Banana Café. Il tient à peine debout et grommelle un vague « oui » lorsque je lui demande s'il veut rentrer avec moi.

Passé la porte, on se jette l'un sur l'autre pour faire l'amour et le coït semble le faire dessoûler un peu. Il ouvre grand les yeux, me reconnaît. « *Oh ! Pierre Palmade !* » Et nous reprenons. J'adore.

Est-ce que j'ai vécu de grandes amours avec des garçons ? Oui, bien sûr. Et heureusement. Mais jamais assez longues. Jamais assez sincères. Jamais assez heureuses. Je passe pour un dragueur nocturne impénitent qui chasse dans les boîtes, un verre de vodka à la main et un paquet de coke dans la poche, alors qu'à jeun, je tombe amoureux des garçons avec une douceur et un romantisme imbattables.

C'étaient des histoires sorties de chez Walt Disney où tout semblait idyllique : le prince et le prince vécurent heureux… L'homme dont je tombe amoureux, c'est toujours l'homme de ma vie. Mais toutes ces histoires ont commencé et fini de la même façon : dès que ça s'installe, je panique et je fuis. J'étais fou amoureux de ces garçons parce que je prêtais à ces physiques-là, ces gravures de mode, toutes les autres qualités du monde : la gentillesse, la drôlerie, l'intelligence, etc. Mais aucun n'était à la hauteur de mes fantasmes. Comment pouvaient-ils l'être puisque c'était leur beauté qui m'ordonnait d'être amoureux d'eux ?

J'ai longtemps voulu que mon copain soit un chat, c'est-à-dire quelqu'un de très beau, que je puisse caresser régulièrement, un peu indépendant, avec du caractère, et qui revienne à la maison tout le temps. Je cherchais un chat beaucoup plus qu'un fiancé.

Je voulais des hommes trophées. Comme quelqu'un aime

bien avoir une belle bagnole, je voulais qu'on dise : « *Oh putain t'as vu comme il est beau le mec de Pierre Palmade ?* »

Et une fois que je commençais à m'habituer à sa beauté, que je regardais le reste, au bout de trois ou quatre mois, j'avais devant moi un être humain normal. « *Ah bon ? Il est comme ça ? Merde !* »

Un jour, un petit copain s'était rebellé et m'a dit : « *Mais je ne suis ni ton assistante ni un élève de ta troupe, arrête de me donner des bonnes notes ou des mauvaises tous les soirs, j'en peux plus d'être corrigé par toi.* »

Après avoir fait l'amour, il faut faire l'humour avec son compagnon. Quand on est foutu comme moi, il n'y a que l'humour qui soude un couple.

Faire rire est le pouvoir le plus fort qu'on ait sur quelqu'un. Avec mon amie Carole Bouquet, et je fais exprès de la citer car je trouve ça très chic, nous avons régulièrement des conversations sur l'amour et le couple. Je l'ai draguée quelque temps d'ailleurs avant qu'elle me lance : « *Arrête Pierre, tu es homo, je le sais, tu le sais, ça suffit, n'insiste pas avec moi.* »

Depuis, les choses sont claires et les conversations plus agréables et franches.

« *Carole, j'en ai marre, je ne trouve pas de mec.* »

Elle sourit, elle est belle.

« *Mais Pierre, trouve-toi un mec qui aime ton humour. Tu n'es pas le plus beau, tu n'es pas le plus jeune, par contre, tu es un mec drôle. Moi, je sais que je peux te détester, mais si tu me fais rire, je te pardonne tout. »*

C'est vrai, l'humour est aussi fait pour séduire, pour se faire pardonner, pour se faire remarquer. Or dans la vie, je cherchais quelqu'un avec qui... épater les autres.

*« Mais non, c'est le rire qui va cimenter ton couple. Cherche quelqu'un avec qui tu ris ! Et arrête les gravures de mode ! »*

J'avais perdu cette simple notion de vue alors qu'adolescent, je savais que faire rire était le contre-pouvoir à la beauté. La beauté est une arme horriblement injuste. Les regards se tournent systématiquement vers les gens beaux. Dans un groupe, il y a régulièrement un Alain Delon qui ne dit rien mais dont les humeurs, les silences et les gestes intéressent tout le monde. Il est le centre du monde sans rien faire. La seule façon que j'avais pour me faire remarquer autant que lui, c'était d'être drôle.

Je me souviens que mon père était surpris par mon humour, parce qu'il plaisait aux adultes. Je n'ai pas l'humour de clown que peut avoir Muriel, j'ai l'humour de la repartie, du bon mot. Je suis plus spirituel que comique.

J'ai peur de m'attacher. Un geste, le même geste à chaque fois, est fatal à mon couple : quand je donne un double des clés de mon appartement à mon copain, je sais que le lendemain, on va s'engueuler définitivement et que je vais rompre.

Et trois jours après, je rechute. Drogues et alcool. Le choc de la solitude. J'ai tendance à couper des liens franchement parce que je n'aime pas les engueulades. Au pluriel. Une engueulade égale une rupture. Je n'ai pas intégré l'idée qu'un couple peut se disputer, voire s'engueuler, sans forcément se quitter.

Je n'ai jamais écouté mes sentiments. Uniquement parce que j'ai peur de ce qui pourrait être incontrôlable. Et les sentiments, comme les pulsions, le sont. Évidemment, je suis grisé par un coup de foudre, mais je n'ai jamais attendu d'être surpris par l'amour. « Tomber amoureux. » Tomber. J'ai horreur de tomber. De toute façon, j'ai toujours eu horreur d'être surpris, que ce soit par l'amour ou par la mort. « *Laisse faire la vie. Prends ce qui vient* », me lancent les fatalistes. Non merci. La vie m'a déjà pris mon père, alors je me méfie. Elle serait bien capable de faire encore des conneries. Mieux vaut la surveiller.

Ça, c'était avant.

Je le sais, je dois maintenant me lancer dans l'inconnu. Ce n'est pas grave si le garçon n'a pas les cheveux longs, ce n'est pas grave s'il n'a pas 26 ans, ce n'est pas grave si je n'aime pas tout de lui. La solitude me pèse trop.

La surprise doit être mon alliée. Mon amie. Ma compagne de tous les jours. À 50 ans, je veux être surpris par mes fiancés, être surpris par mes projets artistiques… Il faut que je me laisse surprendre, autrement je vais ronronner et je vais devenir un vieux con.

Défense de répondre.

# 12

Une question m'amuse beaucoup, posée comme un jeu lors d'interviews people ou dans une soirée entre amis : « *Que feriez-vous si la fin du monde était pour demain ?* » Chacun y va de sa liste : « *Je ferais un plan à trois* », « *Moi, je prendrais de la drogue* », « *Je partirais à Miami dans l'heure* »...

Ils imaginent tous ce que moi j'ai déjà fait depuis que j'ai 20 ans. Ce qui me donne l'impression d'être dans une fin du monde perpétuelle. En revanche, leur quotidien : « *Je suis amoureux depuis dix ans* », « *J'ai deux enfants* », « *Je pars en vacances en juillet plutôt qu'en août* », pour moi, c'est ça, l'aventure. Ce que je ferais si la fin du monde était pour demain ? Une soirée au coin du feu avec mon amoureux.

En 2010, je joue mon one-man-show au Palace, *J'ai jamais été aussi vieux*. Entre ce spectacle et le précédent, il s'est écoulé dix ans et je monte sur scène comme si de rien n'était. Tranquille avec mes sketches dont je sais qu'ils se sont cette fois-ci habillés d'un peu d'absurde et de poésie ; ils sont beaucoup moins dans l'humour d'observation au premier degré, certains sont beaucoup plus délirants.

Au début, tout va bien. Le public est content d'être là, je le suis également, et les retrouvailles après de longues années sont amicales. Nous sommes de vieux amis qui nous sommes un peu éloignés l'un de l'autre et, pour l'instant, nous nous donnons des nouvelles en nous tapant dans le dos. D'accord, il n'y a que moi qui parle, mais le public répond en riant.

Pourtant, petit à petit, je me rends compte que quelque chose ne va pas : il n'y a pas les rires que j'attends, ou pas au bon endroit. J'entends parfois même des soupirs qui semblent être d'ennui ou d'agacement. On se rend compte de tout sur scène : concentré sur le texte, sur le jeu, attentif aux bruits de la salle, aux attitudes de ceux du premier rang, aux humeurs du fond de la salle. Alors que je déroule mes sketches absurdes, j'ai l'impression que certains se disent : *« N'importe quoi ! », « Oh que c'est con ! », « Il va où là ?... »* Alors que normalement, ça doit être très drôle. Et c'est drôle, d'ailleurs. Le même souci se reproduit plusieurs soirs.

Dans ma loge, une conclusion logique se fait jour : *« Houlala, il commence à y avoir un hiatus, il faut peut-être que j'arrête le one-man-show. »*

Il y avait une poésie, une tendresse, une absurdité, un humour un peu dingue que le public que j'avais attiré pendant toutes ces années n'entendait plus.

*« Ça y est, je ne peux plus boxer dans la catégorie humoriste, je ne suis pas assez drôle. Tant pis. »*

Je le pensais sincèrement. C'est tout de même un peu perturbant de se sentir à côté de la plaque, en tout cas à côté de ce qu'on fait depuis toujours. Je sais avoir changé. Mais pas à ce point-là.

J'en parle à ma copine Mireille Dumas…

*« Non Pierre, tu n'es peut-être pas le plus drôle mais tu es le plus poétique. Tu boxes dans une catégorie où il n'y a pas grand monde mais où tu es bon. Donc ne lâche pas. »*

J'en parle à mon producteur Pascal Guillaume…

*« D'accord, Pierre, il est peut-être temps d'aller voir ailleurs. Vers d'autres publics, vers d'autres histoires, vers d'autres personnages. On va aller chez Ribes au Théâtre du Rond-Point. C'est là que tu vas te faire remarquer, là que tu vas raconter un autre Pierre Palmade. »*

Le Rond-Point est un théâtre situé sur les Champs-Élysées et dirigé par Jean-Michel Ribes, lui-même auteur et metteur en scène, copain de Roland Topor, et créateur des émissions devenues cultes, *Merci Bernard* et surtout *Palace.* N'y sont joués que des auteurs vivants dans un esprit, *dixit* Ribes, de « rire de résistance ». L'expression me va. Mais plus que les textes qui y sont présentés et les artistes qui s'y affichent, le Rond-Point accueille un public bobo « téléramesque », sûrement de bon goût mais plus « théâtreux et auteuriste » que mes fidèles spectateurs. Et pourquoi ne pas y aller ? C'est encore le meilleur moyen pour me secouer, pour mettre en pratique ce que je théorise, ce que je ressens au plus profond de moi : l'homme Pierre Palmade change, l'artiste aussi.

En vingt ans, je suis monté très haut sur l'échelle du succès, de la reconnaissance et je suis descendu très bas dans l'expression de pulsions destructrices. J'ai lâché toutes les prises, je suis allé me frotter à tous mes désirs, les plus noirs et les plus agréables.

Je suis responsable de beaucoup de choses, pas de tout. Mais j'assume tout. Je me suis brûlé les ailes mais c'est ce milieu du spectacle, de la nuit, des paillettes et des apparences qui tenait l'allumette. L'artiste que je suis en a profité, l'homme en a souffert. Je ne me plains pas mais je ne veux pas non plus forcément servir d'exemple à celles et ceux qui seraient tentés de s'amuser avec le feu. Mon parcours est celui d'un homme qui s'est perdu, qui s'est cherché, qui s'est trouvé. Je souhaite à tout le monde de se trouver ; pas forcément d'arpenter les mêmes chemins glissants pour y arriver. Chacun fait ce qu'il peut.

J'ai vieilli. J'ai envie d'arpenter d'autres territoires, de faire connaissance avec d'autres personnages, de rencontrer d'autres publics. Je ne veux pas rejouer des resucées du *Scrabble* ou du *Colonel*. J'ai envie d'être un peu plus transgressif, un peu plus moraliste peut-être…

Et puis, je n'ai plus les moyens de jouer dans des palais omnisports comme je l'ai fait avec Michèle. Je peux (et je veux !) remplir des petits théâtres à l'italienne de 500 places. D'abord, je suis sûr de faire complet, et puis je m'y sens bien.

Le rire a toujours été vendeur. Mais le public n'a souvent vu que le haut de l'iceberg ; il n'a pas vu ce qu'il y avait sous l'eau – c'est le cas de le dire. Zouc, Guy Bedos, Sylvie Joly, Pierre Desproges, Raymond Devos, ce sont des gens qui sont bousculés de l'intérieur. D'accord, à la fin, ils finissent par être drôles mais aussi parce que leur inspiration est plutôt sombre et que le rire finit par libérer le public qui a assisté à la mise à nu d'un homme ou d'une femme.

Regardez Blanche Gardin, la grande découverte de l'humour de ces derniers mois. Elle a connu la rue, elle a vécu la dureté des temps, elle s'est sans doute demandé ce qu'elle allait faire de sa vie alors qu'elle galérait... Résultat : elle est incroyablement drôle, singulière, vacharde, osée, noire, crue. Je pense que ces noirceurs du corps et de l'esprit sont le point commun de beaucoup d'humoristes. De ceux que j'aime en tout cas. Aujourd'hui, les comiques arrivent par vagues à coups de stand-up, de vannes d'actualités, d'apparition sur Internet, de sketch à la télé ou à la radio. Tant mieux s'ils arrivent tous à vivre de ce métier mais je n'y crois pas trop. Le public ne s'y trompe pas quand il voit sur l'affiche : LE NOUVEL HUMORISTE DONT TOUT LE MONDE PARLE. J'attends d'abord de savoir de quoi il parle, lui. Il y a aussi ces affiches qui claironnent : VOILÀ L'HUMORISTE DE DEMAIN. Ah oui ? Eh ben on ira le voir demain.

Ce qui m'agace, c'est que beaucoup d'entre eux, ou d'entre elles, se servent de leur one-man-show pour montrer qu'ils sont bons comédiens : le texte n'est pas terrible, il y a un bon sketch sur dix, mais tant mieux si ça aide pour faire du cinéma. Mais merde ! Le one-man-show, c'est une fin en soi ! Sylvie Joly n'a fait que ça. Guy Bedos n'a juré que par ça.

Mais bon, il y a aussi des gens qui n'ont pas envie d'entendre les angoisses d'un autre, fût-il drôle sur scène. Certains préfèrent voir un spectacle joyeux et sans douleurs. Et je les comprends. Moi j'arrive avec mes angoisses, j'essaye de les rendre drôles, de faire rire avec elles, mais tout le monde n'est pas prêt à ce qu'un mec soit libre dans ses orientations sexuelles, dans ses errances… Que ce type d'humour dérange le public, j'en suis maintenant conscient. C'est aussi un signe des temps, d'une époque qui ne va pas forcément très bien, ce n'est pas une remise en cause spécifique de ce que je fais sur scène.

Je suis dans un taxi conduit par un chauffeur taciturne. Il fait la gueule. Il est tôt le matin, le vent frais s'engouffre dans la voiture.

*« Pardon monsieur, vous pouvez fermer la fenêtre, s'il vous plaît ? J'ai un peu froid… »*

Le type me jette un œil par le rétro.

*« Faut dormir la nuit !…*

*— Euh… pardon monsieur, qu'est-ce que c'est cette phrase ? Pourquoi vous me dites ça ? Je viens de me réveiller après avoir dormi huit heures. »*

Il bougonne. Il était costaud mais j'étais prêt à l'affronter.

*« Oui mais bon… Vous aussi, pourquoi vous racontez tout ça sur vous ? »*

J'ai réfléchi. OK, je me mets à nu mais ça n'émeut pas

tout le monde. Tant pis. Tans pis si certains me résument à un type qui se complaît dans la transparence et l'indécence. J'irai aussi loin que je veux avec la conscience d'en agacer certains. Et d'en toucher d'autres.

J'allais donc changer de braquet. Mais sans me demander ce qui plaisait au public. Il fallait se rapprocher encore plus de soi et de ce qui me fait rire, moi. En fait, il fallait considérer le public comme un intime ; mes spectacles fonctionnent quand je lance : « *À vous, je vais tout vous dire.* » Et ceux et celles qui ne veulent pas plonger dans cet univers, ce n'est pas grave. Ce n'est plus grave.

Je l'ai déjà dit, je n'aime pas être dans une compétition où les concurrents sont trop nombreux. Plus il y a de monde moins j'ai de chances d'être numéro 1. C'est mathématique.

Ce spectacle au Rond-Point, c'était vital. J'ai eu très peur d'être déconnecté, de ne plus comprendre mon époque. J'ai tellement vu les copains de ma génération d'humoristes ne pas se rendre compte qu'ils continuaient à faire leurs mêmes vieilles blagues. Je me suis beaucoup plus posé de questions sur ce spectacle que d'habitude parce que tous les sketches n'étaient pas faits pour être drôles.

Je savais que j'allais dans l'inconnu. Mais je savais que j'allais m'y trouver. De la même façon que j'ai abordé *Le Comique*, j'ai appréhendé une nouvelle écriture, un ton plus audacieux. « Ça passe ou ça casse. » De toute façon, il y a toujours, dans un coin de ma tête, l'idée que je pourrais disparaître et quitter ce métier. Comme en amour. Si jamais il y a un problème, j'irai monter un café-théâtre à

Toulouse. Vraiment. Si jamais c'est trop dur de tenir mon personnage en haut de l'affiche, d'affronter la compétition, les médisances, j'irai faire un club de théâtre et jouer les découvreurs de talent.

Ce nouveau spectacle a fait son chemin et là j'ai l'impression, enfin, d'être Pierre Palmade. Je ne me sens pas moins drôle que Muriel, je ne me sens pas moins bon comédien que Dany Boon, je ne me sens pas moins fort que Gad Elmaleh, je me sens légitime. Je suis celui qui joue le mieux Pierre Palmade.

*Aimez-moi*. C'est le titre. Une prière, un souhait, une injonction, un désir. Un peu tout ça, sans doute.

Je me suis demandé pourquoi je montais sur scène une nouvelle fois alors que je portais des habits différents. Pourquoi je monte sur scène ? Pour me faire aimer. Jean-Jacques Goldman m'a lancé lors d'un dîner, alors que nous étions à une grande table pleine de gens :

*« Pourquoi tout le monde t'aime, toi ?*

*— Parce que je ne m'aime pas. »*

Jean-Jacques m'a toujours pardonné, notamment lorsque j'arrivais dans un sale état pour le concert des Enfoirés. Il m'a pris sous son aile. *« Tu es plus abîmé qu'emmerdant »*, me disait-il. Jean-Jacques a fait partie de ces substituts paternels très importants.

Au début du spectacle du Rond-Point, je raconte que, enfant, j'ai été enlevé et élevé par des aigles. Un couple d'aigles. Que j'ai grandi et que je veux aller voir comment vit la communauté des Hommes. Ce que je vais y voir n'est pas forcément reluisant : des gens cabossés, névrosés, malades mais profondément humains. Des gens qui ne jouent plus au Scrabble, qui ne vont plus se plaindre au colonel de la caserne, mais qui essaient tant bien que mal de faire avec ce qu'ils sont. Mieux : de trouver une place dans un monde qui avancera de toute manière sans eux ; alors autant essayer de monter dans le même bateau.

Cette entrée en matière est absurde, surréaliste. C'est compliqué d'ouvrir un spectacle. Quel sketch ? Le meilleur ? Mais ensuite, on ne fait que glisser. Le moins réussi ? Mais le public va s'agacer immédiatement. Le plus court, le plus long, le plus touchant ? Il y a rarement de bonnes mises en condition. Un jour, je suis allé voir Fabrice Luchini sur scène ; pas dans une pièce mais lors de ses spectacles où il raconte les auteurs qu'il aime, Céline, La Fontaine, Baudelaire, Jouvet… Il entre sur scène, marche lentement, se plante au milieu, devant, face au public qu'il regarde longuement. Il prend son temps. Respire. Le silence est total. Il sourit, les yeux écarquillés, on a l'impression qu'il va faire une blague. Il s'amuse de ce long moment. Et puis : « *Je vais vous raconter des grands hommes…* »

Immédiatement, le public était à lui. Raconter une histoire… Mais bon sang mais bien sûr ! Il faut… Je l'ai toujours senti : il faut maintenant chercher à être plus intéressant que drôle. Raconter une histoire.

Nous, les humoristes, nous cherchons toujours la bonne phrase qui va commencer le spectacle et qui va mettre tout le monde par terre. Je l'ai fait. Mais c'est de plus en plus dur. Cette fois, je suis arrivé sur scène et j'ai dit : « *L'histoire que je vais vous raconter est vraie, à l'âge de 4 ans, je me suis fait enlever par un aigle dans un zoo.* » Que ça fasse rire ou pas, je peux vous dire que ça éveille les gens.

J'ai maintenant des contes à rendre. C'est une forme dans laquelle je me sens plus légitime ; je vais faire mon Jacques Gamblin, mon Jacques Weber, mon Fabrice Luchini. Je me sens pousser des ailes, je n'ai plus envie de n'être qu'un humoriste obligé de faire rire à toutes les phrases. Ce dernier spectacle, *Aimez-moi*, c'est en fait *Il était une fois Pierre Palmade*. Vous me direz que tous les spectacles pourraient se définir ainsi. Sans doute.

Donc je préfère maintenant m'exprimer dans la catégorie conteurs. Je sens que je peux y trouver une place. Et je crois qu'elle me va bien aujourd'hui. Finalement, ce n'est pas être le premier à tout prix, c'est être là où je me sens le mieux.

Le conte, c'est autre chose que le spectacle de sketches. C'est un récit qui s'accroche à un imaginaire collectif, à des histoires communes, mais qui dessine également le monde d'aujourd'hui tout en faisant écho à celui d'hier et de demain. Un conteur, c'est quelqu'un qui raconte les autres et lui-même. Qui peint des personnages et des situations dans lesquels il se cache et il se dévoile. C'est un exercice compliqué mais fascinant.

Ce spectacle et ce livre signent sans doute la fin du one-man-show pour moi. J'y reviendrai peut-être mais sûrement pas avant un long moment. Faire rire, comme je le fais dans *Aimez-moi*, en étant si proche de mon intimité, en dévoilant ma sexualité, ma toxicomanie, tout ce qui m'a embarrassé un certain temps, prouve que je suis apaisé. C'est la fin d'un cycle.

Je change d'air. Ça passe aussi par une envie d'aller jouer des textes que je ne sais peut-être pas écrire. Je ne sais pas où en est l'auteur Palmade, en ce moment. Pour moi, être auteur est une roue de secours ; si jamais je ne sais pas quoi jouer, je sais écrire. Car oui, j'ai envie de me frotter à de grands acteurs, à de grands textes contemporains ou classiques. J'adorerais jouer avec François Berléand, Édouard Baer, avec Zabou Breitman, Gérard Darmon, André Dussollier. Jouer avec l'immense Catherine Hiegel dans *Le Lien* est un bonheur de tous les soirs.

Aujourd'hui, je prépare ma vie sans rechutes : j'ai acheté une maison à la campagne il y a un an, j'ai deux chats, je vais jouer au théâtre tous les soirs. Je prépare mes jours heureux sans cette saloperie de maladie active.

À 12 ans, je m'étais engueulé avec un prêtre au catéchisme qui soutenait mordicus que « tout était écrit ». Remarquez, c'est son boulot de dire ça. Mais je n'ai pas supporté, je me suis barré. *« Non je suis libre, c'est moi qui invente ma vie ! »* Aujourd'hui, je me rends compte que ce n'est pas si simple, que tout est sans doute écrit par un auteur divin mais que la liberté c'est de jouer notre rôle et notre texte comme on veut. Comme au théâtre. On vous a distribué un rôle, grand ou petit, splendide ou ingrat, à vous de prendre du plaisir à le jouer. C'est votre rôle dans cette vie là. Je reprends l'idée de Shakespeare je crois. La vie est une pièce de théâtre.

Nous en sommes les acteurs mais nous n'avons pas répété et nous ne connaissons pas la fin.

Il y a une différence entre s'admirer et s'aimer. Je crois que je m'admirais mais je ne m'aimais pas… Mon humilité est très bizarre, je passe de l'arrogance au dénigrement d'une manière assez déroutante. Sans doute parce que je ne sais pas à quel moment je suis Pierre, à quel moment je suis Palmade.

Je sais que mon père aurait aimé voir le chemin que je prends actuellement. Il aurait aimé me voir renaître. « Oui, papa, j'ai souffert et j'ai été heureux mais je me suis trop perdu. J'ai entendu ta tristesse quand tu me regardais marcher à côté du chemin. Tu peux être fier de ton fils aujourd'hui. Et je suis fier de te le dire. »

Je suis optimiste et confiant : sinon, je me laisserais mourir. J'ai trop couru derrière ma jeunesse à vouloir être l'humoriste que j'étais à 20 ans. Ce livre ferme la parenthèse. J'ai du respect et de l'admiration pour celui que j'étais mais je veux désormais vivre paisiblement. Et pour y parvenir, je suis prêt à être un peu moins célèbre.

Jamais, absolument jamais, je n'aurais imaginé écrire une telle phrase.

Mon prochain livre risque d'être profondément ennuyeux. Mais il racontera ma vie au coin d'un feu. Avec mon amoureux.

Composé et édité par HarperCollins France

Achevé d'imprimer en avril 2019.

CPI
FIRMIN-DIDOT

à Mesnil-sur-l'Estrée (Eure)

Dépôt légal : mai 2019.

Pour limiter l'empreinte environnementale de ses livres HarperCollins France s'engage à n'utiliser que du papier fabriqué à partir de bois provenant de forêts gérées durablement et de manière responsable.

*Imprimé en France*